比喻的春天

梦亦非 著

山西出版传媒集团　北岳文艺出版社

·太原·

图书在版编目(CIP)数据

比喻的春天 / 梦亦非著. -- 太原：北岳文艺出版社, 2024.8. -- ISBN 978-7-5378-6902-7

I. I227

中国国家版本馆 CIP 数据核字第 202403RA35 号

比喻的春天
BIYU DE CHUNTIAN

梦亦非 / 著

//

出品人
郭文礼

选题策划
刘文飞

责任编辑
左树涛

印装监制
郭　勇

书籍设计
见多设计空间

封面插图
梦亦非

出版发行：山西出版传媒集团·北岳文艺出版社
地址：山西省太原市并州南路 57 号
邮编：030012
电话：0351-5628696（发行部）　0351-5628688（总编室）
传真：0351-5628680
经销商：新华书店
印刷装订：山西新华印业有限公司
开本：890mm×1240mm　1/32
字数：183 千字
印张：8.875
版次：2024 年 8 月第 1 版
印次：2024 年 8 月山西第 1 次印刷
书号：ISBN 978-7-5378-6902-7
定价：59.80 元

本书版权为本社独家所有，未经本社同意不得转载、摘编或复制

形而上的慰藉

黄礼孩

　　诗人是天生的。梦亦非年轻的时候,天赋异禀写出一些灿烂的诗篇。接下来的写作,他在转换的阅读、生活、交游、思考及勤奋中完成。这么多年,他从未停止过追寻和狂想。写作是精神的语言,这样的语言动荡、不确定、游刃。梦亦非在语言之路上变化多端,是潜在的火光,不断燃烧。从简约之诗到愤世嫉俗的先锋之声,他是激情的舞蹈;从文本实验转向神秘主义的辨认,他在当代语境里回应着人类的经典,于迂回处的虚幻与数字宇宙空间那里构建出属于他的精神图像。前些年,梦亦非写冒犯之诗、挑衅之诗、欲望之诗、不合时宜之诗,多是一个诗人的任性和试图释放的摧毁之力。不过,真实的他追求的还是诗意带给人的澄明、温淳、开阔与希望。眼下,梦亦非又回归最初的诗篇:爱。爱是主体存在和绵延不息的源头活水。爱,是伟大的更新,像初临的阳光照亮大地。梦亦非诗歌中的爱有欢愉,也有绝望,是痛苦也是喜悦,失败里栖身着独白,一方面他是绝对的,另一方面他又是宽容的。他尊重生活本身，取消生活的意义，但又回归生命的本质，生活不是一场梦，而是爱。

没有高尚、喜悦、真诚及自由的爱，谎言也会将生命的丰盛贩卖给虚情假意。爱是春天的叙述结构，爱是一个诗人的精神立场。"我曾爱你，用灵魂／用神殿里应和之风／与秋日悬空之雨／／我也曾爱你，用我的身体／用语言不可描述／梦境不能复现的原力／／我爱过你，用我的希望／用未来，用全世界的杯盏／也无法盛尽的光芒／／怀念那消逝的时光吧／如同天边浮现的闪电／／无声，并且不再折回／／而如今，我爱你／用旷世的痛，妒忌／暴风雪停滞的冷漠／／从我的黑暗爱你／从月亮的背面爱你／从时间的荒野，爱你／／以鲜血对伤口的逃离爱你／像伤口对刀刃一样爱你／以我的不爱，爱你"。梦亦非这首《我爱你》，是他爱的序言，也是这本诗集的核心，也是他的宣言。爱、怜悯、怀乡、热情、欲望，就像词语做成的肌肤，这些先验的心灵，也来自他早年的诗歌文本《咏怀诗》。但在这本诗集这里，他以更轻松自在的方式敞开，没有保留，无论是痛苦与柔情、爱欲与哀怜、暗淡与浪漫，都充满了形而上的慰藉。

爱是一个古老的事物，每个时代都有人对爱做出新的解读。到了当代诗人梦亦非这里，他对爱的理解显得更为复杂与深刻，产生了属于这个时代爱的观念。就在这些诗篇中，他给出了对爱的新的理解，描绘出爱的肖像。爱是永恒，爱是一切生活的推动力，包括写作。出自爱的写作尤为可信。梦亦非的爱，时而细腻微润如一杯净水,时而似大江大河奔腾,不时又转化为一片简约的阳光。比如,"去年与你渡过的码头／野李花开了",这些怀有爱意的事物孕育了他与语言之间亲密的关系,那是一种更人性化的亲密感。如此灵敏又优雅的诗歌,比起他另一些艰深的诗篇、迷宫式的诗歌、实验性的诗歌,它们捕捉了新颖的和声,提供了令人愉悦的阅读,恢复着爱无穷的魅力,就像爱人的脸颊泛红,令人对爱心生向往。这样的爱无疑令人怦然心动,但遭遇了生命更多爱的不同瞬间的梦亦非,他的爱此时已经不再是飞蛾扑火的爱,他的爱出现了更多的闪回:热烈的、迟疑的、惭愧的、不确定的,不完全的投入,他接受自己的漏洞与有限,也意识到生活不时的狼狈不堪,但爱具有持久的力量,当梦亦非的另一个灵魂发出疑问,爱就以真理以美以精神在生成。爱始终是从一场旧梦中醒来又进入另一场新梦。梦亦非还是有着不切实际的冲动,这份冲动是宝贵的生命力,他愿意竭尽全力从阳光照耀的鲜花之地走进思想深处的深渊,就像诗人身上的因子从罗曼蒂克中飞出,飞向爱神。爱,解放着生命。

  我将学习去爱某个
  具体的人,她有人类之美
  也有人类的虚荣

  我也将练习去看一朵

具体的花,或者是野花
或者是玫瑰,很快就会凋敝

我还将学习去爱自己
爱,这人类的黑暗
却圆满了他们的一生

但我仍然未曾学会
在阳光下长出阴影
直至,淹没自己的心灵

——《具体》

  放弃恨,学习爱,这是一种自我更新。梦亦非的爱不停留在世俗的小我之中,他的爱保有原始自然的跳跃与骑士的浪漫,但在当代生命价值的语境下,又害怕其中的束缚和非人性成分,不过在永恒的爱之光环里,他又归向斯文的纯粹之美,"人生如寄,幸不常存","我看见大地上人们出生,死去/而江流闪烁,不曾停歇","怨恨与热爱都已消散/唯剩你我/和江上,青山一脉"——类似这样明快又有洞见的诗篇布满全书,回旋流荡。作为诗人,梦亦非天生就具有丰盈的语言状态,他的诗歌技巧推动了情感的发展,又在某个地方设置一下障碍,读者需要花一些心思才能逾越。梦亦非有自圆其说的才华,他活跃的思维、不着边际的链接、峰回路转的创意,无不体现在他欣喜若狂的诗歌勾引中。他写但丁、毕达哥拉斯、西雅娜、庄子、爱因斯坦、奥德修斯,他热爱毕达哥拉斯,他喜欢黄金分割点、旧图书馆、小天使,他着迷于玄学、数学、经济学,他沉迷于落日、孤岛、美食、旅途,更多的物象在他的诗歌里无不表现出生命的热情和变形的喜爱。人类伟大的神话的螺旋还在诗人心灵的某个地带转动并发生方向的改变。一个诗人存在的秘密与他文字里呈现的世界总是有着微妙的关联。梦亦非具有改变语言的天分,比如他的信息化语言写作。他编码又叙述,他是现在、过去、将来三种时间的综合体,也是外展、内含、脱根三种空间的生成。他是自己诗歌的源头、过渡,及转化。杰出的诗歌就是要转化出时空之外的时空,与日常世界产生差异。在大地与天空的博弈之中,梦亦非寻找世界动人的身躯,还有时代、民族的基因、宇宙之维,但最终以爱为基点,去寻觅存在之思想。

多年以来,我的愿望
是写一首最短的诗

让神界与人间
连接着修辞的直线

献给诸神的文字

人类亦能阅读

而今,我就是
我所写下的字句

万物即是词语
虚无即是修辞

——《诗》

《诗》是梦亦非对诗歌的另一种认识和呈现。无尽的短,却是无限的长。叶芝说过,他花费了毕生精力来摆脱一种修辞,是为了建立另一种修辞。梦亦非也在做着这样的工作。梦亦非对修辞的探究令他获得了越来越明晰的写作之路,使得他复调的歌唱能力,在两个或者多个声部同时敞开,从噪音中挖掘出看不见的东西。一个富有技巧的诗人,他对美的沉思饱含着强烈的激情,并时刻在改变自己的文笔。他始终保有宽广而惊人的语言力量。一个诗人对生活抱有严肃的关怀,但同时诗人又以不计后果的行为寻求着独一无二的诗歌状态。正是如此进入人的激情与困境的深处,对爱的书写才不沦为轻浮的写作。

不妥协就是一种个性化的力量。梦亦非说过,他的写作是对诗人的冒犯。他这样的观念对应着俄罗斯先锋文学最早提出的离经叛道。梦亦非的写作野心勃勃,他反抗陈词滥调就是从语言里反抗一切。他总是有各种极端的想法来做文本上的冒险,像塔罗牌一样,带来陌生的命运。正是对平庸观念的挑战,令他保持着改变的姿态,甚至超出"诗"的范畴的文本的出现,才是"亲切的坏诗人的形象"。不过,梦亦非是清醒的,他知道生活真正的解密者是诗人,他明了爱就是永恒的颂歌,他向着历史向着自然向着人群向着生活出发。文学在人性的立场上闪烁发光,但爱的救赎必定要走神圣之路,那里有最高的维度,有着充满无尽想象力的世界。认清爱的本质,就应当像神一样崇拜。《圣经》中说,上帝让太阳照好人,也照坏人,降雨给义人,也给不义的人。上帝是最早的诗人,基督爱一切的人,当代诗歌这条爱之路需要有光明之人去走通。爱是诗人的源泉,从那里走向神圣之诗,有着无尽的光与创造。

　　写作本身是一种重新的认识,一个诗人为真理的缪斯所鼓舞,才有持续的歌唱。在这本诗集中,梦亦非尽最大的诚意,与读者共情,对读者露出了甜美温和的笑脸,细腻而充满了感性。无论如何,爱是不可磨灭,爱是永不止息。

目录

第一辑 素颜歌
（2006—2008 年）

003 素颜歌

第二辑 咏怀诗
（2009—2011 年）

067 咏怀诗

第三辑 群山之心：庄子与毕达哥拉斯
（2018 年）

111 群山之心：庄子与毕达哥拉斯

第四辑　蓝山河：时空之镜

（2022 年）

145　蓝山河：时空之镜

第五辑　伪神回忆录

（2022—2023 年）

161　伪神回忆录

第六辑　信

（2023—2024 年）

213　信

第一辑　素颜歌

（2006—2008年）

素颜歌

一

想起你,让我淡化那些意外吧
比如一辆抛锚的蓝色汽车
比如另一辆车不减速地擦过

但这些只是比喻:一个人与另一个人
一种命运与另一种命运
它们只是交叉而过
但这不是说我们,小天使

我知道夜风会让灵魂变轻
思念,会让飘忽的神识幽然
何时又才是你我交叉的时日

"她曾在草地上练习,她安然遁世
在琴声中种下青草和土拨鼠"

而这样的夜晚我继续软弱、蜷缩

直到被压回一枚松果的地穴
小天使，如果你在车载 CD 中迷失
那是因为我的魂息，它在为你轻轻吹动

二

这样的夜晚我想念一个小女孩
偌大夜空想象这面圆镜
就像她曾梦见过镜中山河

如月的圆镜是否也会想念威尼斯
那些尚在孩提的匠人
他们的意念、禁忌和技术
异域与异质的气息在石英与水银间

有毒地晃荡。小天使
我多希望是那个桥上走过的年轻匠人
遇见时间彼岸的你：像一阵阳光

"她用雨的声音笑，用水草的腰晃动
她在玻璃与透明之间张开一张断琴"

小天使，你的琴声把天空拉得更低

你可以触到它的脸、它的弯曲
但我依然困于你的琴声之镜
无限接近,却又仍未到达……

三

"一个正常的元素通过错误的联结
构成我们的生活。"包括观念
操作,这彭罗斯的不可能三杆

它演化出水轮、永动机——
二维面上流动三维叙事
就像我虚构了某位天使的永存
那瀑布平静,同一个平面上轮回

这是无法摆脱的命运啊
虽然露台下维管植物柔情暴涨
虽然颗粒饱满的版画在今夜,反复逼真

"但是她看不见空空如也的阶梯剧场
宇宙粗浅,而上帝已然失踪……"

人们于是在悖谬中游戏,不明就里

难寻的定数间水声被一弦收尽
恍如书卷封起了地铁站的出口
小天使，你却顽皮地从露台上现身

四

黑夜放弃心机
明镜磨去瑕疵
我摒弃夜色和镜面，去想你

小天使，其实我就是坏坏的魔鬼
来自玻璃背面的映象
或者说来自穆拉诺？王家制镜工场吗
其实我是圣格班最好的镜中人

寻找着那个握住镜子的女孩
传说还说那个照镜人
就是你，嬉戏的小天使

"我从巫术、宗教与哲学的眼光里
一路转折到你梳妆的窗前"

然后，我就成了镜旁的你——

一株简洁的树,沉默,突然微笑
有如某阵吹过岁月却又回旋而至的晚风
小天使,你掌心之镜从此光洁

五

荒凉从喉间涌出、涌出
丰收后的大地上阴雨……
——穿越这盛大的虚无之后

我终于在暮晚的霞光里认出你
小天使,从雨后槭树林
从叶尖滑下的水珠中
轻而易举,将你认出

如今我在暗地里练习遗忘
比如爱情,比如渗水的声音
但在鸫鸟的鸣叫中我仍然遇见你

"我从一切美好的事物间将你认出
那是因为你不断显现,小天使"

你在天穹上微笑,在村庄里

赤脚跑动，在漫长的小径上
从暮色和草丛间展开了羽翅
贝亚特丽采，那正是引领我的上升

六

植物的秋天
风的秋天
阳光在群峰间闪烁的秋天

小天使，我正穿越人生的雨雾找寻你
（细雨下了整整半个月）
挑着红柿子的灯笼
从山阴到山阳，从山巅到山麓

向那条小路追问你的踪迹
向这阵过路的风，向半枝风干的树叶
而薄脆的秋光里

"你又隐身于哪一阵松涛中
从涛声中的哪一只旧船上显现"

小天使，穿越水妖的黑森林

和黑森林中你流水的琴声
直到一声裂帛，九月
我流逝的时光已然折断

七

传说还说，我只是不断虚拟你
我追随一个语言中的女孩
小天使，你并非现实或肉身

但你是我的界限：孤岛之水线
那忒修斯的谋杀线索
你隐匿的时辰我恍如牛头怪
从水之迷宫下仰望苍白的天堂

小天使，流水轰鸣着静止下来
它吸纳了阴影、月亮，和更深的叹息
又用沉重和旋涡带走了死亡

"你甚至感觉不到我，就像月亮
不去应和大海的潮涨汐落……"

这种悲凉你不会了解，永远

刺客不会明白弥诺陶洛斯的等待
某些时日里你任由我永远地下降
但精魂却一直回旋着，从水下升起……

八

天下是微雨……
孩子们滚着铁环
在这条枯燥后的村路上

他们欢叫着，追随着一个圆圈
一个连续的句号吗
他们和笑声跑得比铁环更快
就像不小心跑到了孩提以远

你看那些奔跑的孩子吧
越来越远，消失在秋风的尽头
在雨点与虚无的缝隙间……

"他们练习直行、转弯和挫折
一不留神就碰到了青春的鼻尖"

在这个黄昏，一天的阴沉之后

栗树叶在飘落间泛黄……
而那些孩子已然在西风中老去
小天使,此刻,我却遭遇了你的童年

九

西风干燥的唇吹灭水分
和体内的情欲
它也经过你咸湿的城市吗

取走秋天,把你剩在树荫之下
小天使,风过我的高原
群峰俊朗
但归鸟又把天际线压得更低

时间在上演一场悲剧——
落日西去
左边的河谷才喧响
右边的山径,却已失踪

"思念都是虚妄的折磨啊
但却风湿般真实,持续着"

——我是说在西风中想起你

在暮晚,世人轻轻的鄙薄中

在风停之外的山麓之上

小天使,你从不曾于暗蓝中应和

十

黑暗和雨水的冬天

山群低伏的冬天

还有一只鸟儿的骨骼

它在疲软中反复睡去

梦见河流、岩穴间的危险

却又从苏醒中

为道德的缺陷而卷曲

想飞的翅膀收敛、酸涩

雨声无边无垠

它因此被隔在温暖与千山之远

"让一只鸟窒息,去掉羽毛吧

剔除血与肉,只剩下轻盈的骨头"

这即是占卜的古老道具
在夜里，用水汽和绒毛
但一夜之雨水
也不曾装满这座空空如也的草巢

十一

用一杯啤酒换你半块小饼干
再将小饼干换你泡沫般的轻笑
小天使，我宁愿用满满阳光

换你半时辰的南方雨水
说着说着你就倦了，像个孩子
然后我假装在遥远的地方看你
在街对面的粉墙旧窗后，装神弄鬼

那个青石街道的书生会为你回来吗
他的袖子骗走了肥皂泡、双人自行车
现在，他从源头学习做一个魔法学徒

"而你却是波浪与阳光诞生的小天使
正在青绿的G弦上生长着华年"

也许,这些都是光影的纠纷与错漏
不如退到那个回旋曲的下午去吧
你继续坐在檐下,我装着从天堂那边
坏坏地、吹着口哨地快乐而来……

十二

多少荒谬后才允许我正确一次
多少距离,才可以抓住一滴暮雨
三十年啊,一千里外

看这个魔王怀着残旧的青春
在凤凰城的晚风间
虚假、作恶,看沱江和日落
把你看成一阵虚无……

小天使,我愿用抢来的整座城池
换你琴弦间的酒红一笑
——但这已不是游戏中的剧情

"就像一个卖火柴的小夜叉
其实只是被设计的坏玩笑"

既不属于你，也不属于你的历险
我还是选择学徒身体吧
在凤凰城外的银饰铺中，小天使
慢慢刻画你：那雨水背后的落寞红颜

十三

你就骑在夏天的背上
打马江湖，但跑下来的是一场洪水
轻雷便从草帽之上，晃来荡去

小天使，雷声是你的鞭子吧
痒痒地抽打着
晃来荡去，像一阵木瓢琴声里的风
琴声中的风吹过就已迷失……

回旋而来的是三段论、是巫卜
是毕达哥拉斯的厌倦
——虚无主义与或小孩儿又有何区别

"小天使，雷声既不承担也不放弃
她就是遥远的雷声，晃来荡去"

小天使，你是我粉红的孩子吗
蓝天的眼睛、朝霞的笑容
正藏在神庙中画下白色雨水
那美丽的雷声，它的家又住在哪里

十四

"我往左边看，天果然就黑掉啦
我看天果然就黑掉啦……"
你又不是美杜莎，谁信你的话

冰嘴唇的小天使暗藏蓝色之灵
可以加血，解除石化
用圆月弯刀削下 BOSS 的眉毛
就像飞身删除游戏攻略上的谎言与截图

她想用透明指尖点化出繁花与盛世
她想让刀柄倒转为树木
但不能把我送回相遇之前的十三楼走道

"在你的骄傲中我安心做一个客人
一个卡通人守在你绒线的警戒上"

它不哭、不笑、不闹着吃你炒焦的小青菜
它甚至不指望普洱味的化石剂
小天使，这就是恶魔——
它平静地坐在现实的木凳上

十五

多年来从不曾打扰你
我只是把自己埋得更深
把头低入庸碌与幽暗的岁月

小天使，我只保存单色记忆
仍然是南方冬季和植物园
你在热带植物间悄然收起翅膀
用流水笑，用青咖啡果羞涩

一个穿牛仔裤的天使、吹泡泡的精灵
次日，她早已将我删除
——异域诗人不构成她的记忆

"但我要说，我将再次遇见你
也许我将再次遇见你"

这仿佛一个魔幻游戏啊,小天使
日落的大街上你将目击:我薄薄的
冰凉的脸在泪水间裂开
微笑着,散入人海茫茫的晚风……

十六

那高原在舷窗外缓缓陷落
晚餐时分……小天使
我只看见青黑的地球,无言转动

在这巨大的寂寞之上
我被迫热爱咖啡、奇幻小说
和你在这短暂的人生航程中
模糊闪现的三维脸庞……

——我为那些不明确的事物而魅惑
像介于灵魂与幽暗之间
你的惊慌与惊艳之间

"就连魔法也不能减缓生活的绝望
高原陷入夜色,你让我陷入虚无"

我的小世界从晚霞中,闪着银光
超音速地抵达你的天堂
但却在你的上空盘旋着——
天使与魔鬼如隔霄壤

十七

泼进来,阳光湿淋淋
刺你痛你这针尖万千
——三万英尺之上、舷窗以后

你被胡塞尔的现象学悬置
现实被你用五十分钟的航程
压在括号里。只剩阳光泛滥
只剩阳光将一个凡人抽象到虚无

但琐碎却如影赋形啊——
广播、可乐、劣质鱿鱼丝
一度盖过古龙牌筒装孔雀翎

"这是他喜欢飞行的唯一原因
在破碎之上享受日光和完整"

是的，日常将你变成秋天的打折机票
碧海蓝天中间
你却被神光安静地穿透……
那隐秘的小天使，她就坐在你左边

十八

上帝再也不曾照亮过特蕾莎
半个世纪漫长而过
她却从贫民窟与战场上张开翅膀

就像我在旅程中无数次将你寻找
你的香气、你的银镯子
在这物欲时代里我所相信的爱情
我愿意相信的、光芒的爱情

小天使，上帝憎恨一个人
在他的灵魂中种下爱情之蛊
被诅咒者在茫茫旅途中一再怀疑

"他喜欢帆布、桅杆、高帮鞋
他渴望布匹般的思念……"

在这沉船的南方岛屿上
爱情幻化为我唯一的宗教
沙滩般热爱，椰子般心跳
将你当作拯救他的、隐在人群中的天使

十九

今夜我听不见你的声音，小天使
传说你早就停止歌唱
喧哗的人群中我被说成坏孩子

酗酒、饶舌、举止轻浮
从"杀人"现场偷偷睁开眼角
在这魏晋时期的热带森林
霸王岭二楼，楼梯转弯的地方

啊……这匆忙的搬迁时代里
我们不再应和高远的天外之音
今夜，我也不是从人间仰望的诗人

"他遭遇归鸟、白颜树、不再飞翔的兰草
他试图从瀑布中去听你水妖的歌声……"

但生活还会在天亮时继续——
痛饮狂歌以落水告终
而后，游戏以失声痛哭收场
——无爱的现实宛如长夜之渊薮

二十

海口是美兰机场、西海岸
是《天涯》杂志
和一场女巫的朗诵会

如此，你还可以排比下去
海口是冒牌伊甸园，或者木瓜
不穿品牌时装的夏娃奔跑在热带
压榨那滋阴补气的果汁……

——他们重新叙述这善恶之果
一座海岛是它的形状
海口，你左脸明亮、右脸沉寂

"请用协奏曲的声音跟我念
海口、海口……木瓜坠地"

乘着木瓜的翅膀,请你降落
挣扎,最终热爱台风和外遇美学
——在这海口睡去的暗夜里
小天使,我与大海邪恶地醒着

二十一

生活的光线柔顺下来,从顺德市
穿过榕树,耍着魔术的喷泉
在离开清晖园的黑铁暮晚……

小天使,我是说夕阳圆寂
此前它高蹈于塞壬的水塔
挣扎,被欲望驱驰
照见你的轮椅起伏于回廊

但你并不总是太阳
有时也藏身于园中流水
看上去像一只疾病的天鹅

"而我假装先秦时代的叶芝,洞悉
这不过是考验耐心与爱的把戏"

小天使，其实你不曾灿烂或凄美
将肉身倒映在水面
而你阳光的羽翼
已滑翔、消隐于怜悯之上

二十二

从每一个女人的脸庞我都辨认出
天使的容光，就算她一再伤害
那也是命运的粉红色把戏……

但真理也不能缓解孤独啊
和人群中我暗藏的伤悲
——没有你将我关照，没有人将我遗忘
珠海，你的黑暗有如瞳孔

如今我只渴求风平浪静的生活
与我爱的人度过长夜漫漫
就像这个小雪节气里，仍然万物花开

"你可以逃离冬天与白桦落叶
但如影随形的思念呢"

小天使，大陆最南端我热爱每一个女人
她们承担了那么多潮水与慰藉
这样的夜晚我悲悯每一个男人
他们忍受了自己也不知道的、尘土的秘密

二十三

要原谅灌木树皮的剥落
它们在原始资本积累的风中
衰老，一再抱怨

要原谅从海上刮来的风
它被灌木丛减速、零乱
最终改变方向与水的初衷
像沙滩上，那些不顾一切的恋爱

要原谅那被弄脏的大海
它只在树木的纤维管中剩下梦想
有谁追忆它压于深水底下的激情

"请热爱这海边的珠海、广州
请把城市画成你的落日墓园……"

要原谅冬天的紫色羊蹄甲
它们怒放得如此不顾一切
小天使，你让我站在海岸线上
原谅这个伤害着我的、木质化的时代

二十四

就像潮汐从星辰间辨认出月亮
好天气与华年渐去，小天使
如何才能倾听你白色的声息

今夜，我的心不安如流水
听不到众神合唱
听不到雨水或者沉默
但我仍要听出你的歌声

——在生活的河岸倾听
那从水底与绿甲虫传过来的
阳光般清亮的音色啊

"但释迦牟尼不再从诸神争吵中
分辨那红尾巴的造物主……"

小天使，灵魂与你的声音应和者
在午夜中看见灯火城堡
看见积水间反射的命运
——他已从贫瘠时代获得幸福

二十五

我终于可以坦然地
写下这首诗送给一位女性
不是为了爱情，或取悦

我相信每一位女性
都是贝亚特丽采
而每一个男人
都可以成为迷途知返的奥德修斯

——穿越澄明的文字、秋天
穿越内心的迷雾
在故乡的村庄里慢踩着单车

"这时我看见你在广场上微笑
宛若阳光下的一粒白石子"

然后，我们在集体的米酒中说话
在你的羞涩与夜色中安然醉去
虽然我们的内心如此遥远
一如英雄隔着茫茫大海，返回家乡

二十六

……甚至找不到谁说话
当我疼痛地醒来！今夜
心灵与心灵远隔重洋

在各自的孤岛上沉睡……
小天使，我梦见溪流的堤坝
像尤利西斯看见游动悬崖
流水无声，反方向消逝

小天使，我要学会遗忘
放弃漂木一样的爱恋
北风吹动长夜，我坚决醒来

"一个虚无主义者因虚无而强大
他不反对也不赞成，像波浪般无目的"

像孩子在坚实的堤坝上奔跑
他不依靠宗教、航海指南或小木棒
甚至不在乎尘土中的情感
一个少数派的心灵,它无所依恃

二十七

"一个人不要怕",你应该学会
带着浅绿色雨伞出门
越过下坡而去的单行线——

黄色汽车开过就不见了
(但爱情不是自行车或石头
你也不是西西弗斯)
走到便利店门口,你已中年

并将独自穿过地铁隧道
和自动售票机的错误
当你在旅程另一端已是白头

"欢乐只是午后的阵雨啊
如今却像旧雨伞,无声地收起……"

你要学会优雅地接受死亡
在街道的尽头遇见秋天
然后消失于蔚蓝色的澄明
小天使,一个人不要怕……

二十八

就像用手传递梳子,会引起伤害
不要唤醒那沉睡的名字
它会让好天气变坏——

人们在清晨因孤独而相爱
然后,因天气变化黯然分开
多年前那对甜蜜的邻居
如今,他和她已住在不同的街区

你要学会关心天气预报
选择洗衣服的日子
学会用左手整理右腕上的衣扣

"我的第一次错误是为人
第二次错误,就是去爱"

那闪电一样的爱让你迷失
但你要学会独自回来
沿着这条干净寂寞的雨后林荫路
小天使,一个人不要爱……

二十九

终于,冷空气不再为难你
脆弱的呼吸道——
午后,阳光画出远山的界线

其实你想说的是明月
它从暮晚照耀积雪
不曾让雪加快融化的速度
也不会让大地在寒意中陷得更深

是的,上弦月宛如黄色剪纸
贴在淡蓝色天边,似乎
它已经学会与大雪相处

"就像我已认清生活
保持距离,并将它照亮"

你在油灯下放下书卷
轻轻拨亮炉中之火
白雪便在月光中轻轻呼吸
小天使，一个人不要恨……

三十

十年前我离开故乡
天正在下雪
甚至掩埋了我的未来

今天我回到故乡
雪正在消融
似乎那一场雪
下了整整十个年头

那些消逝的人已在雪下
他们不再叹息
浸渗的水分也不会让他们发芽

"而你仍将卑微地活下去
离不开清水、火与故乡"

这些被弄脏的雪正在融化
消失得无影无踪
就像我那异乡的青春
你见过我的青春,它又脏又冷

三十一

在破旧的弹子球馆
消磨一整个中午之后
踱到码头上,懒洋洋的

冬天的太阳照着富人
也照着贫穷,和我的幸福
在洁净的小巷中夸夸其谈
或者,在酒馆里吐着烟圈

——这一直是我羡慕的生活
在这个港口小镇虚度时日
也许会有一次不成功的爱恋

"青春难道不是用于浪费?
港口总在挥霍那咸湿的晚风"

而来路上，汽车在海岸线上起伏
挖沙的机械在草丛中生锈
隔着疏落的林带，大海
像丝绒暗绿，铺向晚风和远方

三十二

今夜，我愿那被伤害过的
仍被记忆伤害着的旅人
在不知所终的旅程中，安于睡眠

我愿银河波澜不兴
飞鸟安于巢穴
我愿树木也不肯惊动
树下，昆虫蜷得更深

我愿那被爱情折磨的人们
今夜互相梦见
连白雪也因此而卷曲

"你曾怀着青草一样的怨恨
但如今，你已学会悲悯与叹息"

在这灯火幽微的春夜,山脉之南
火车仍在孤独地前行
这样的夜晚我原谅人类
小天使,这样的夜晚你不在我身边

三十三

是的,我不再在意
一个人的旅程
从阳光海岸到陡峭的西部

我经历过飞机的颠簸
冰冻的高速公路
以及看不见限度的山间小道
踏着冰层上的晨霭,回家

小天使,此时你还在阳光以远
十二月党人正在流放的西伯利亚
雪灾,继续封锁暗淡的年月

"一个人要经过多少懦弱和好天气
才能独自面对未知的前程啊"

暮色中我歇息在破旧的檐下
虚无的小凳子上
雪粒吹打着我的帽子
雪粒吹打，而我有长长的帽檐

三十四

我见过一个人老去
迟缓，睡思昏沉
独自面对整个冬天和炉火

现在他习惯水壶喧响
没有谁曾为他写下诗卷
没有更高的星辰，闪闪发亮
——他是你，他是我的晚年

不会有爱情将他打扰
就像寒风不能吹走他的记忆
谁也不能增加他的荣耀

"英雄从特洛伊的战场上归来
航过暗夜大海，在风雪中垂暮"

这一夜,他枯坐于炉火旁
时光和语言一样断续
而我离你的世界越来越远
如同轻烟茫茫,散入雪夜长空……

三十五

我曾担心青春换成了白发
也曾窒息于爱情
但它们如今已被时间所彻照

终于在水边坐下来
我们说话,间或沉默
有些幸福不需要明白
比如今夜,春天与雪一齐到来

虽然大地仍将积压着冰雪
木炭仍将继续消耗
但是,奥德修斯已经回到家乡

"这无人能破坏的平静啊
冥土一样的月光的力量"

说话的人们散入各种生活
抗争,或更加默然
而我站起身来,危崖之下
流水已穿过群山与城镇……

三十六

这样的夜晚我甚至不怜悯
大雪压折林木
它们散发着缓慢的芳香

我不回顾已逝的时光,明天
将在冰雪消退的山麓行走
做一个牧人
也许会碰见繁花遍野

碰见野花灿烂如雪
其实我更喜欢小雪初晴
鸟儿鸣叫,生活降下了坡度

"山坡渐渐丰盈起来,而峡谷
那里将要盖上木头房子……"

这样的夜晚灯火不惊啊
那路过的火车
它不能带走我的幸福
这样的夜晚我一直小饮着清水

三十七

我说的是看不见的城市
宫殿里，两根灯芯
让时间的距离反复扩大

是的，如同古典大师的手艺
你必须以精准的记忆力
才能知道油灯放在何处
是否真有秘密被黑暗所隐瞒

在这里你只能相信记忆
和你的手，你将摸到它的龅牙
以及那尖嘴的锈钳子……

"东边的街区住着一个盲人
他记忆谨慎，避过了暴动和牙痛"

南面的街区住着另一个盲人
经济指数扬弃了她的记忆
于是，她成了一个瞎子
再多一根灯芯也无法将她挽救

三十八

给我一张简要的地图
我将找出你居住的
南方小城，它明净如风

给我一张详尽的地图
我将指出你长大的街区
马路下坡而去，铺着碎石
你踩着单车去看木棉的春天

但是小天使，如果给我
与城市相同比例的地图
摊开处，却不知你的方向

"上帝不是世界的缩影
是的，它就是世界本身……"

请不要再给我立体地图
一个复制的城市
它已在明晰的指示中
将你我分隔,于悖论的迷雾之后

三十九

你一直在修习隐形术
不笑,不食人间烟火
穿着旧鞋子满街走

你继续像忍者或女侠
十步杀一人,千里不留行
但我不像那决战紫禁城的高手
天外飞仙也不能对付灵犀一指

我只是一根漂木,干净而无味
在爱情之水退去的河岸
被你碰见,触到你的足尖

"但是啊,少年子弟江湖老
红粉佳人鬓已斑……"

罢了罢了，你摸不到我的忧伤
正如我看不见你的模样，小天使
我还是坐在窗下独饮清水
像一根旧木头，它甚至远离了欲望

四十

在这午后的世纪诗人何为
他酗酒，感叹人生如水泡
走遍大地却不见归途

但我不是这样，小天使
晨风里我经过教堂门口
那条干净的单行道，提着篮子
抬头看看蓝天下教堂的尖顶

在人间我只想做一个手艺人
站在敞开的窗后
挑选那春风样的小青菜

"街上许多人，没一个是你"
"没准我就是其中疲倦的一个"

小天使,我将与你悄然归去
归去我的西南山下
那里有你鸟鸣声中的庄园
那里,河流在夕阳下闪闪发光……

四十一

我炖冬瓜排骨,加了枣子
你喜欢那脆碧的春水吗
红绿之间,厨房里春暖花开

以前我在流水下清洗生菜
那需要小心、专注
犹如爱护一份情感
——它们那么容易就被弄碎

而此刻你不在我身边
一个隐身人躲在红枣之甜
你还未从冬天里醒过来呢

"为了得到一只小加菲猫
我去吃 KFC……"

许多年过去了，我已经习惯

一个人窗下的晚餐

但你不能喝到我的汤

而我的猫，它也不叫加菲

四十二

我已经放下……

像收起青色的旧毛衣

遥遥地，春天亮起来

我将学会一个人散步

暮色降下来

肩头触到它的重量

但枝叶中的灯盏减轻了压力

我将学会随意地行走

去桃花以远的人生

或者一阵吹过就不回来的风里

"我放弃欲望中的火光

放弃特洛伊和木马"

而我将爱上那些普通的好天气
云在青天，水在瓶啊
我其实在你刹那的永恒里
像一枝花在雨后，蓦然开放……

四十三

多年后我将想起小苏村
它就坐在迷离中
菠萝地都枯了，它还坐着

而大海正倒扣过来……
危险碰痛了我的左边
在波塞冬与上帝的角力间
没有你，只有用旧的村庄

那年我们开着白色的福特车
穿过半个大陆和桉树林
在旅途中争吵，来到干燥的村庄

"苏三离了洪洞县
将身来在大街前……"

这个上午在亚洲大陆最南端
我曾经想起你,然后离开
——那些人走后再也没有回来过
只剩下隐隐的,青山一脉……

四十四

我走在新河埔,你未睡醒
也不见云低
天空正暗蓝着倾斜而去

——暮晚就像你盖着的旧丝绒
有点粗糙,被散学的孩子们弄乱
你在模糊中动一下
又动了一下,我听见虫鸣声

孩子们越来越远
消失在中年之后
虫声却一路清晰过来……

"她想喝水,天就会下雨
她想用雨水来洗草绿的外衣"

现在我耐心地坐在东山口
等你醒来,等你再次爱上我
在湿润中我摸到你的唇
还摸到你微凉的乳名,它叫惊蛰

四十五

巷口之外,生活毁败了多少人
他们酗酒、自闭或守旧
坠入阴暗却无力自拔

这午后的旧巷
小天使,春日阳光
正缓缓照彻我内心的阴影
一身淡淡明净,犹如清风

我终于学会隐身时
不再空虚
学会选择行走的角度

"世界存在的方式,或许
取决于你观察的视角"

于是在玫瑰街角，小天使
在我转身的刹那
你正骑着单车轻盈而来
——但你不曾觉察到我的存在

四十六

你见过我老去
像绵延雨后的春分
花意融融，好天气

活在这淡薄的人世间
多情，享受春天
为看一枝桃花的绽放
坐在阶前，我等了整个上午

小天使，你就是桃花
是我路过的陌生女孩
美酒，我爱过的每一寸山河

"但你不懂得我的抑郁
我突然间承受的绝望……"

小天使,我就这样在放浪中老去
并将不会在意你
当我看尽繁花时转身笑起
正花枝春满,正天心月圆

四十七

但丁穿过中年的森林
他遇见维吉尔
和月光的贝亚特丽采

但我却是一个人行走
在西南盛大的春天
油菜花从街道尽头燃到山顶
好时光却从暮色的灰烬中低下去

我经过睡在繁花间的古镇
我经过树林投下的昏暗
我经过寂寞,它有长长的影子

"既然独自穿越了艰难冬日
就不要害怕独对灿烂的春天"

是的,眺望见故乡的傍晚
我正从桃花的山冈上走过
似乎有细雨落在身后,小天使
我知道我的青春已经结束

四十八

三月早晨我离开广州
(黑色行旅箱空空荡荡)
小教堂外,红色木棉继续坠落

在潮州我也曾看见它们
(花朵之间又有什么分别呢)
落在半山、祠堂和瓦檐上
黄昏的江流从林梢外消逝……

当我回来,四月中午
(拖着牛皮行李箱)
街道拐角已不见木棉的红硕

"要经过多少世事,才可以
平静,接受巨大的幸福"

南方的木棉树都绿了吗

身后的小教堂却没有变化

小天使，我的幸福已经从容

像静默的教堂照应着木棉树

四十九

那年春天一直下雨

下着下着……你又长高

比桃花还高出第一天

用高出的那一天来做生日

然后，我们沿着早晨与河堤奔跑

用小棒子敲击水面

大雾却从背后悄悄升起……

奔跑中河堤突然中止

你在惊讶间长大

而我，嗅到青草折断的气息

"每一个人的出生，都是

一次下落不明的开始……"

但我们应该学会忍耐,小天使
雨季的漫长终将过去
河堤会送你回浅绿的童年
而我仍然站在门口,安静地爱你

五十

那些水继续从四月向农历流去
淌过环形花径、乱石块
溃散成满地的小银针……

但却被归纳于须根,吸收
陷入更伤感的黯黑
经过泛黄的大内档案
低声的交易和旋转走廊

再往上流入纤维管仕途
紧贴着木质内心
也许会在王朝分枝处改变流向

"但花蕊仍在更高处
风中摇摇欲坠,如钗钿"

就这样从四月流向五月啊,流水
从大地越过树梢与酒色生涯
当崩溃的眼泪,蓦然从高处坠下
小天使,你已在树下慢慢低垂……

五十一

我从西南群峰间下来,那年四月
野蔷薇点燃火车小站
绿色火车却像春天的尾音

我记得也曾向你说起
天亮时,火车停止颠簸
大海已铺开咸湿气息
但我看不见天边泡沫,它的翻卷

有如路基旁,那抽象的白花
它们香气猛烈
从速度中一再闪逝……

"如今我年华渐去,你也迟暮
在往事中对这午后山河"

是的，我反复说起那白色香气

（它们越来越近于虚无）

不是怀念海岸线上的春天

而是年轻时，那幽微的慰藉

五十二

你走后的第三天，鸡蛋花就开了

——春天已经结束

你还在去雪山的路上……

去年落下来的雪在哪里

去年开过的花

还在青苔的院墙后

——我又嗅到了清香寂寞

路过这雨后的山河大街

小天使，我记得你花枝招展

花朵记得去年的时节，立夏了

"我已经学会一个人散步

天黑前回到自己的内心"

有时我也想想群山的阴影
第三天，它们正在消失
我知道你会回来，我知道
岁月如水，流水洗净我们的忧伤

五十三

你走后每天都在下雨
我又换了一把蓝色布伞
（旧的那一把你不曾看见）

新河浦艺术馆正慢慢醒来
变成茶馆，在黄昏开放
从"十号咖啡"走下去
树丛里又长出一家小酒吧……

——生活像夏天越来越丰盛
它甚至等不及你回来
再鼓起青草一样的羽翼

"要学会享受生命，享受寂寥
小阳光正斜照在谁的木窗上"

一切都明亮起来了，小天使
路过你家我不曾敲门
但斜出的一枝翠竹将暮晚挑起
你的笑声，正从雨意间亮过来……

五十四

不会有神灵躲在钟声里
或踮起脚尖站到穹顶上
不会有谁伸过来温暖的手掌

所以我向你走去，疑惑
然后放心，陪你在古巷间漫步
有如那市井中的好天气
一阵小风就可以让我飞翔……

我需要的不多，面包
水，还有你调皮的爱
从你的调皮中我辨认出温暖

"小天使，从你巴赫的琴声里
我看见明月照耀着积雪……"

但思君如流水啊……
我还需要干净的水，你的声音
让神灵去音乐中游戏
活在卑微的人间，我只需要你和爱

五十五

但是，爱情也不过半世虚妄
这不存在的花朵
从妄念中旋转、升起

成为特洛伊漂亮的木马
海伦尖叫、城邦沦陷
这其间并没有光明，小天使
卡桑德拉掐灭了灯火与热爱

是的，这一切就是指尖之露
当我从爱琴海的战舰上
转身来到新河浦，滑落尘埃

"无边无际，就我和你
一起醒来，一起睡去"

只有寂寞如此真实啊
将不再有谁在意谁
——灿烂不会在意如泪的落花
战争,也不会在意你我孤寂

五十六

从来,我不曾触及过你
就像文字中的大天使长
小天使,你只是我虚拟的形象

在我的幻觉中微笑、弹琴
与我坐在飞机上
或者将小青菜炒焦
有时,骑着单车去了雪山

活在这荒凉的人世间
我只能压住哭声
然后安静,爱上自己的想象

"我手佛手,拈花拂柳
聚捏打开,一无所有"

如今连幻象也变得多余
小天使,我正慢慢将你吹熄
——就像黑夜吹灭夕阳
心灵明净,它不迷恋你的照耀

五十七

其实我不曾来过这繁华盛世
更不会路过你们
我不是实有,也不是虚无

像一截小木棒的洁净
几缕白色幽香
或者,蔚蓝尾音滑过了庭院
我只是你们虚假的错觉

但我不是那具体的事物
我是"像",而我的爱
那梦中说梦的空花一朵

"请忘记我,我的忧郁
请让我的面容淡化为烟云……"

我不曾来过，也不曾离开
如一阵晚风在语言间失踪
连凉意也不会留下——
是的，连"我"也只是一个譬喻

五十八

如果天黑下来，就没有了
没有天没有黑
也不见了世界这虚像

世界曾经像一个水泡
（但没有水，更没有水泡）
一个圆形泡影它无法开始
也无法结束，它只是像

但你仍然在歌声中飘过
水粉或小夜曲，春天与暮晚
背影消失黑夜就会升起

"那个吹出泡影的是谁……
谁用语言吹出山河与岁月"

小天使，这迷离的泡影中
我依然触到你的微凉
当你走过圆形废墟
岁月暗蓝，我们在风中消失……

五十九

"唱完这首歌我就离开"
但是，就算你回头倾听
也听不见辗转而去的声音

小天使，过去与未来
长空与大地
都只是音声一线
我在歌声中变幻了生离死别

——连歌唱者也是一缕乐音啊
就算余音停歇
也不会有它，或它的离去

"边界幻影，随它们去
我在这里，在你心里"

在你回首的刹那我已消散
如同虚无的夕阳
但是，连这幻化一切的声音
它也从不曾为谁现出……

六十

走了那么远的路……
只为在清晨重新遇见你
东山上，木棉开始飘絮

如今我放下地图、旧单车
以及世界的伤害
放下灰色的执着与好奇
像木棉无声，放下它的轻絮

……我们走下寺贝通津
经过山河大街，去往幸福
一路上云朵不停地飘过

"就算一切都是水雾虚无
我的眼中，你却如此真实呵"

小天使,夏天凋尽了飞絮
白蔷薇正沿着道路燃起
——在如来亦如去的香气中
我看见你的爱,它叫作永恒

第二辑　咏怀诗

（2009—2011年）

咏怀诗

一

阳光照耀第一天的海面
岬坡上,紫荆开放
在东山旧庭院
此时有风,吹越树篱

无论造化是否存在
无论时间会不会终结
从容的事物,将一直存留

我在隐秘的生活中
像风声一样……

二

走在泥泞的路上
我接近暮晚、炉火

寒流之后
东风安慰缺陷的世界

世道不值得叹息
伟大与卑贱,都会消失

此刻,我沐浴在月光下
它若有若无,比不存在更轻

三

深入我,理解我
植物知道经脉
和时间的力量

冬天里我煎中药
(气息彻夜不散)
在树林中听鸟
(落叶从未停止)

人到中年,万事萧然
唯有植物不曾嫌弃

四

星期一我去河边看水
你还没有醒来

星期二我去陌上耕种
撒下的种子沉默很久

星期三我来到市集
狡诈的人们都获得了幸福

星期四我整天阅读
你说过的话写在纸上

星期五我看见花落
看见柳色青青而镜中白发

星期六我用于休息
人生只是世上的一粒浮沫

星期天，时间继续消逝
而那么多的人正来到这个世界

五

春深，树木扶疏
鸟儿安下巢穴
我也热爱林中的房子

如今我习惯碧色大地
它的枯荣和静默
就如接受流离，或安居

年华老去我已归来
收拾房舍，陪伴亲人
造化的安排恰如其分

六

午后落雨。雨下数日
暮春时节四野昏蒙
万物消失了区别

你从树林边上走过
开始下雨，持续到暮年

直到暮晚现出阳光
阳光冷静
有如心境，干净而简洁

七

如果你上山
我们饮茶、散步
慨叹故人越来越远

年少时四处醉酒
去江流的尽头
又沿着堤岸返回来

现在，我们老去
酒量下降、牙齿松动
友情已变得奢侈

只有江流疲倦而平静
流过村庄、城镇
丧失……犹如我们的生活

八

木头房子，瀑布上
万物易逝

静默高于川谷
木头长久于流水

房子里一张琴
青山，半轮月亮

春天、夏日，下雨或起雾
你来不来都没有分别

九

早晨，风吹过峡谷
我路过溪桥
但我不能长久停下

易朽的事物中我遇见
幻影，和造物主

在我身后无人看见
野花，开落
唯有孤独一如风吹

十

一个虚无者的勇气
风干的小浆果

幸好时序日渐清冷
秋山日渐索然

活在小小的硬壳中，我们
像流水那样失败，像坚果那样孤单

十一

"再沉静也会突然抑制不住地
悲凉"，侵晨降雨
秋天又深了一层

曾笑谈在荷塘边，石榴树下
饮酒，天气转凉

"酒量跟着欲望一道向下……"

我们总会随遇而安
有如时间剥出的果核
寒夜中无由醒来

看帘外明月,白露成霜
夜行的火车轰响着
它的寂寞,同样无人知晓

十二

静默于围墙之后
野水畔,植物园中

这微小的菊花
灿然黄起

从淡薄的暮晚,晨风里
对着远山徐徐敞亮

时间之流必然
但它自由,并且选择

十三

此生所需甚少,干净的水
一朵花开放的时光

生活给予越来越多
粮食与欲念
漫无尽头的未来

穿过疏落的树林
弯曲的公路
和溪流,它们消失在世界尽头

回到木餐桌旁
像一杯水,像一个水杯

十四

与其热爱人类
不如热爱午后的山河
秋水澄清、寒山空茫

这虚无者遁世已久

寄身园艺
在杯酒之间忘记了得失

木叶微脱，透过小树林
木头房子陈旧而坚固
有如中年的肉体，和语言

他从微醉中低下头来
满足于最小生活
和对人类微不足道的忽略

十五

时间精确地平衡
夏日衰微
却又补偿了凉风与桂香

香气无迹可寻，无所不在
这造化的平衡如此微妙
渗透在每一个人的身世中

他丧失，又在丧失中获得
他一生负气，四海无人

享有花香与宁静

生命不停地丧失掉所有
又成为所有。只有那平衡
从未磨损，安慰平生

十六

路上叶落，西风改变去向
我改变人世的看法

这一切都已消失，昨天的阴雨
与如今的虚妄

所有的生活都会失败
只有秋山，去年般平静

下山的路上落雨
雨声弥漫剩余的光阴

十七

两年前我们在高台上长啸

瀑布下裸泳
过河，又洗净了鞋子

如今这高台灌木成林
无人再蹑手蹑脚，走过悬崖
去瀑布之上，度过这荒芜秋日

高论犹在回响
风流已成渐冷的风声

午后，我停歇于河岸
群山萧索
从身后消失……

十八

秋天，我一再想起湖泊

冷冽的空气下面
蓝色变浅，水层逐渐透明
乌鱼还未从石缝中游出
（它们的记忆只有五秒）

冷冽的空气上面
白色鸥鸟回旋,划出弧线
它们没有嫉妒之心

日子更趋向凉意
有如浆果轻落、岸浪微响

那时我行走在湖边
荒原静默不语,初日照高林

十九

沿着泥土路、山岭上的松林
我们在墓园边上停下
视野开阔,松涛连绵
(唯愿逝者安息)

夜里清寒,我们
饮酒,彻夜交谈
最好的光阴都用于挥霍
和追问,像迷雾一样自由

如今你我天各一方

醉酒,越来越少
你也很少再到树林里
长啸。月出东山

所有自由都会落实为
内心平静
所有开花或落叶
都源于孤寂,不曾改变

二十

立冬前一日
我们去药用植物园,散步
看日落,梧桐叶落满山坡

你不饮酒、炼丹
用红绿铅笔
在晚年有了女儿

那时我在你门下
修习隐身术
专注吐纳、汲水、煎茶

如今，我独对落日
想起你近乎阳光
造物主投下的理念

我如此地相似于你
月色相似于夕光
——理念的幻化也足以欣慰

二十一

霜叶轻黄、渐红
衰草低伏

正是返回故园的时候
午后漫游

鸟声清冷，空林外
阳光再没有海水的腥味

那时一个自由者，不蒙神恩
他的倾听，让万物歌唱

二十二

万物终归于无,深秋
简约因此而显现

我不再害怕光阴流逝
它带走多余

留下阳光、湖水
山坡上的房子

我在清晨垂钓、夜晚阅读
在林间倾听万籁

有形之物一直丧失
但生命的丰盈,从未减少

二十三

登高是为了
俯瞰低处
佩插茱萸
却要避开它的毒性

苍山上，透明的空气中
与时辰有关的事物正在分离

我们积蓄力量，以离开所爱
在山河间互相消隐

二十四

时间倒退
过去正成为未来

落叶回到枝头
柳树退回幼苗

河流之南
我曾手植此株

错误已不存在
爱过之人，尚未出现

如此可以避开
时间逝去，而内心难堪

二十五

木芙蓉花开了
在晨雾中

像从未生长过
认真开着
从白到粉、深红
次日,又开出白花

时间经由遗忘而轮回
那优美之圆
从这植物体现
在迷雾和谜消散之前

那时没有人看见
那时,木芙蓉开在路旁

二十六

早晨我越过河流
中年的森林
村子,和一座果园

那些柑橘，金黄
垂顾于地

之后，山岭上
枫林疏落
落叶在晚风中吹拂

走下石径
沉默的碾坊外
溪流消失于山崖之下

万物如水，生命易逝
唯有死亡
等在幽暗的路上

二十七

立冬之日，即无心之时
从此我无所用心

真理的危险堪比寒夜
智慧闪烁，需得后来者怀疑
那么多人终其一生，并未

获取，消失在寒风中

我知晓，但我不能言说
我炼丹、纵酒
但这些只是隐喻
我在国家之间游走
在林间独啸，归于沉默

而宇宙最终的真相
我们一无所见

二十八

饮绿茶，我们坐在马鞍山麓
西塘回来的人还在路上

风吹往树丛、兀岩
鸟也往那边去。月亮

寺院黄色的墙边
银杏树，一地落叶

二十九

如果你不曾记住
就不必追忆
如果你记得
时光自会将它们磨灭

青春,火车上交谈的人
信札间模糊的城墙

我曾看见你,不甘心
老去,像雨声中的桐树

这即是生活的真相,没有幸福
只有安宁,如暮雨

获知造化意图的道路
不是记忆,从来
不断遗忘
像风吹过,不再回来

三十

万有消逝于无常
秋天,自行车
秋天骑自行车的人

然后下雪
十一月

你独自走了很远
一直很安静
像我没有离开

你看见落雪、流水
草木初绿,那永恒流转
在万物的变化之中

三十一

那么多人还未活过
雾中,就已消失

走在南方

我唱起歌来

恍若独自
活在这寂寥的人世

三十二

回到家乡之前，东坡上
树林落尽了木叶

多少年，它们低矮
疏落，停在林线

溪水远逝
它们未曾改变

如今，我走在林间
像它们一样无用

三十三

肉身，一件旧衣裳
挂在世间

又被风取走

风穿着旧衣裳
随便停下
人生如寄,幸不长存

三十四

野柿子落下
没有回声
野柿子已经落下

有一些话,说出
即被风吹散
有一些话已经说过

只有树木理解
我的疏懒、无赖
在这细雨的冬夜

三十五

我知道天象变迁

影响了阴晴

我知道山脉巍然
又何时平缓

我知道河流的名字
结束于无尽

我知道树木
长在山与水的平衡之处

我知道鸟儿飞回林线
夜雾中不曾迷失

万物都在顺应
认识，也是成为

三十六

我不知道此生
是否，浮梦一场
梦中之梦，或
他人之梦

但这些皆为实有
从京华到林泉
黑发到白头,从幻象
到明晰。无物长存

因此我起身
水边濯足,山中闲居
看烟霞明灭
看车马一去,不再返回

三十七

那时还没有下雪
回来的路上
我遇见樱桃树

它曾被砍伐,野火焚烧
我采摘过它的浆果
正如它见过我
在树下憩息

它落尽叶片

和头顶的天空一样静默
和远山一样萧疏

如今,暮雪已停
我想起樱桃树
它站在路旁
从不曾离去,也不曾回来

三十八

此生不足百年
但忧愁绵绵若存
如青山
山下流水

肉体却是个障碍
微疾,美酒
这矛盾也在持续
无以解忧

他读陶渊明、阮籍
远游
与客煎茶

肉身轻盈而透明

但闲逸的心灵
不恃于物
它穿越隐忧
正如融入了肉体

三十九

一只黑鸟栖息
雪中,在岩石上

这造物主
止于所造之物

它振动翅膀
像没有肉体

听见它鸣叫
但我不能凭空消失

肉身比岩石
更沉重

它飞行，在蓝天里

它消隐于肉体之内

四十

欲雪的天空下

汲水的人已经回来

雪地上空无一人

明月高照

四十一

从我中年的岩坡下来

（在幽蔽、奔波

和雪霁之后）

我看见长空下白云翻卷

我看见大地上人们出生、死去

而江流闪烁，不曾停歇

天地有大美

而不言

四十二

山谷中云气变化

和着尘埃、野火

聚为肉体

风增加灵魂的分量

我在上升中成形

下山时虚空

仿佛世界，或因缘

但依然有隔江山色

有蝼蚁纷纭

万物如浮沫，散而复生

四十三

水枯，过河时

我在沙洲上歇息

（它的边沿布满苔痕）

看岸上野烟，微风中

果核儿留给水鸟
衣襟上的苍耳
顺水流去
它们属于更远的土地

人被万物所安排
也安排万物

四十四

哀伤令人老。哀伤
在于物的增加
充塞你，又包围你
你也是它增多的一部分

你衰败、无序
沉迷于影像
那幻象继续增长

因此，你学习隐身术
不以物累形

置身于物

同时,又从物中退出

四十五

从夹缝岩走下来

石径通向溪边

(流水澄澈,可以忘忧)

我赤足而过

夕光返照

空山

迷失了方向

那时,雨声在上游响起

我抬头

恍如隔世……

四十六

天晴时我穿过西边的松林

它们无声无息

听不到公路轰鸣

和松果跌落

今天,松林消隐在雾里
我想起它们
相似、模糊
连松香也在收敛

那片松林后面
更多的松树被人遗忘
没有名字
那时间之流后隐匿的自由

四十七

从山谷里转出,午后
天地间突然明亮
阳光照耀一树红果
这冬日,南方高原

谁能明了造化
它的机心,或无意
一枚野果燃烧
没有灰烬

我看见,经过它
但不采摘
有些事物比时间晚一步
直至明亮,而不合时宜

四十八

正午,阳光从云间
照亮房屋
日子因此而明晰

多少年来我在忘怀中度过
不难过、不企羡
有如一株落叶之树

但现在,我仍然百感交集
大江茫茫
过江的人不再回来

四十九

不曾停留,水分渗透树木

河流穿过大地

时间于我的肉体中
也不曾止歇

理解此物
即是穿越此物

登高而眺，流水远逝
与时间一样，它不曾减少

五十

"等你和我有一天成了老人
我会给你讲讲
我的现在。"

那时天暮欲雪，记忆
像天空一样陈旧
我将讲述
这急流般的日子
在平野中缓和下来

隔着时间之流
怨恨与热爱都已消散
唯剩你我
和江上,青山一脉

五十一

山下升起的尘雾
这造物主的声音
弥漫于暮晚,和归途

年轻时我曾相信
真相置身语言之后
倾听中
万物说出它的秘密

如今透过修辞的尘雾
我知道那声音
有时,它正是某种玩笑
一场晚来的细雨……

五十二

半早晨落雪，数日泥泞
有如爱，和后来的恨

出门望见云断千山
想起此生，不再相逢
想起我如一株树
从你熟悉的位置消失

天晴，仍无法安宁
那离开你的
正是你的一部分，它在死亡

五十三

满庭院的竹叶
清晨推开门

尚未立春
一夜南风劲吹

时间兴之所至

加快，或省略

向南的街道在风中更低
但隐秘的思想有无限的宽度

五十四

你碰到身体内的漫游者
他固执、迷醉
忽视生活的界限与危险
他是你的往昔，看不清远处

这让人震惊
在记忆的经线
与遗忘的纬线之间
他向你走来，越过你

对这时光织物上的人
你无法改变
而他将你变成
陌生人，走过树林

你在晚风间恍惚

被逝去的时光，落叶般湮没

五十五

远客离开
你送到青山外
那里铁路沿着河流

所爱之人离开
我又能送到多少年后
那里是悔恨？还是漠然

冰雪将化为春水
谁复送别时间
在高岗？还是空茫

荒草萋萋，将淹没尘土之路
爱过的人
将死于不再轮回的时光

五十六

去年与你渡过的码头

野李花开了

五十七

中年邻居砍倒那片树林
杜仲、拐枣、柏树
发芽的槿花
和残缺的木芙蓉

我曾在林中碰见晨风
和路过的鸟儿
如今，它们不再停驻

那个中年男人一刻不歇
挖掉树桩，却挖不掉年轮
他掐灭新芽
春天依然到来，一如既往

五十八

立春之日，我在房屋后播种
直起身来
远山从风中明润

造物主的气息在泥土中涌动

立春之前，南风已经吹拂
而死亡之前
多少人就已消失
看见春光的，只是肉体

五十九

雾气散尽，新的一年
从旧庭院开始

造物主藏在
游戏的儿童间

我路过桃花
和鸟鸣

那时，暖日照耀东山
那时，你不在这里

六十

自己种菜、浣洗
只需要简单的食物

早晨与暮晚
在溪山间漫步

读《世说新语》
梭罗,禅宗公案

你来到溪畔的碾坊木屋
是一截旧木头

比身体更轻
比时光更为久远

第三辑　群山之心：庄子与毕达哥拉斯

（2018 年）

群山之心：庄子与毕达哥拉斯

逍遥 / 游

俯向云间计算的庄子目击那倒映于北冥之脸
这匹飞鸟，作为 1，是 0
是毕达哥拉斯的游鱼

地中海岸，智者看白云散为余数
幻化群鸟归巢，离线复离群
泠然回荡于公设之风，列子

"遥想高原，苍古之屋
不过栖于一枝……

区别，你受限数字身份"
垂天之云也只属数据中心，象征物

因此庄子浮一瓠，渡溪流、数据流
若梅森素数中，一子
前不见古人，后不见爝火

"只今命运与数
蕴藉于归途",异端之美
唯纸上之屋不渴不饥
乘云气,复御飞龙

眺数字起伏:庄子从云间
与扶摇而起的波音737,相遇

齐物 / 论

"后来……我看见数,从波浪间
——并非爱琴海或型相之波浪——
浮现,并分有为数字"

毕达哥拉斯不是吃豆人
数并非豆子,豆子寄托为数字
播撒群峰之上,群峰之上亦即
"天地一指也,万物一马也"

庄子于左厢房阁楼
隐机而坐,嘘大块噫气
"1即数字发生器,为原因之数"

毕达哥拉斯种豆南山下，如渊明
借此度过时间的渊夜以抵
澄明之境。数年以来
他们长谈、耕读，候天象变化
倾听命运之数偶现于内心

宇宙可能只是吃豆人
游戏，但"天地与我并生，
万物与我为一"。庄子掩门

梦为蛱蝶，亦如蛱蝶
梦作庄周，飞行的昆虫
却是毕达哥拉斯画下的
漏洞，盛装这漫天雨水

养生 / 主

"当你脱下睡衣的时候，要把它卷起来
把身上的印痕压平。"毕达哥拉斯说

庄子认为，"解剖公牛的过程中
以最少之力以避开它的心"，不是心脏

毕达哥拉斯告诫物候餐厅的等待者
"不要吃心。"并非一次比喻

在他们有限的生涯里,唯有知识
沿着山崖曲折入数列之远

河声之遥。"2是对立与否定的原则
是意见。"他们从无限中辨认出

那颗从未褪色之心,是理念,
亦即现象,如山水葆持屋瓦的空灵

这雨雾岁月中,他们隐于书卷
隐于枯山水的虚无,和销匿之心

人间 / 世

"毕达哥拉斯与3同在"
过去未来,与数字缭绕的
今日……万神殿之数
并非那数字云海

山海溟茫，唯余空庭
旧石板，与
草木葳蕤掩去院墙

毕达哥拉斯看花落
不肯捡拾，走过墙外
听从命运回响

旧屋默然于林下
庄子独坐一隅，"虚室生白
唯道集虚"，他知道三生万物
且与毕达哥拉斯同在

德充 / 符

庄子迷失于镜与像中间
因世界为镜，以数字
为像……镜像中的庄子
有时是屋后古椿，有时为
飞过院子的鹏鸟之影
或者被二次元中蛱蝶梦见
这忘形者，有四个维度

"4即正义,造物主的象征"
毕达哥拉斯航渡爱琴海,但
既没有爱,亦不闻琴声

与阶除的苍苔一道,时间
自庄子回忆中缓下来
情与欲,这吹过门廊之风
从未改变房舍宁静
与庄子的思虑,这忘情之人
只是檐畔的白噪声

"不要在光亮的旁边照镜子"
毕达哥拉斯只从黑暗中对镜

大 / 宗师

"不要走在大道上。"毕达哥拉斯说
他从埃及返回数学的中途
途经定律、柿树,树下一池水
那里折叠了半个舰队
渡海的庄子,把船
藏于深山,再藏山于泽
一再旋入事与物的虚无

如柿子,终归入秋

庄子点数5枚落下的柿子

那是偶数与奇数的相加

美满的、阴阳相遇的数

在数字系统中计算出毕达哥拉斯

消失于水边的诸种形式

用一整个黄昏,以忘记

系统。算法。下载与卸载。

遗失自身的庄子,一个真人

或一个理念,走在大道上

他就是大道,长满灌木、谬误

以及毕达哥拉斯的幻影……

应/帝王

雨霁之后,庄子与

毕达哥拉斯,在物候餐厅

相遇,时间招待之

以咏怀诗,以流逝

庄子说,"人皆有七窍

以视听食息……

此独无有,尝试凿之"

两人以逻辑与数字

雕凿七日，时间
遂化为檐下七级木阶
度入诗经，以及房间
"7是机会。"毕达哥拉斯说
度过七天的人已
泥牛入海，幻如桂香

骈 / 拇

为枯桂树浇水之后，庄子
给毕达哥拉斯发了六封邮件
"我不曾写信给你，永远。"

马 / 蹄

赫尔墨斯的儿子，半人半神
埃塔利得斯纵时间白马
门缝间一闪而过，伫立门廊外
有时候换名庄周，犹如某地
化身为毕达哥拉斯从防火墙
越入代码之海，在那里
白帆点点如马匹归野
在那里，时间已过八天

而柿树下的蓝色爱琴海

仍然风平浪静,让二维的鱼

隐现,"这爱情的、友谊的

和谐之数,计算去中心化的速度"

这个不用铁拔火的骑士

逃出自身的标签,藏身群峰之上

看万物群生,草木遂长

错杂于遗忘之后……

胠/箧

把所有数据打包,上传到云间

毕达哥拉斯遗忘密码

他以为从此远离宿命、天道

以及房间里的旧家具

"9是理性,是强大",欧福尔玻斯

不再研究二进制(二间房)

他从九霄云外,借助模糊算法

虚拟出文本中的庄子,一个余数

多年之后,庄周绝智弃知

不再破解密码,他将服务器

搬到萨摩斯岛，拷贝数据
大巧若拙地变卖设备

"把命运交给烟，来群峰之上
看云。"毕达哥拉斯说
庄子把玉钩从云间放下
"唯有后台钩子，不离不弃"

在 / 宥

第一天，你原谅了蚂蚁
第二天，荒草宽容你
第三天你学习与烟云相处

第四天，你忘记时空
第五天世界即你
第六天，庄子也是毕达哥拉斯

第七天，万物开花落英而无人目击

天 / 地

后来，庄子与毕达哥拉斯

登临群峰之上，众鸟高飞尽
源代码遗失于下山途中

一整天下雨，"10是完整之数"
毕达哥拉斯回忆，从山雨中

归鸟迷途于溪谷之云
迷失寻找源代码的图灵
他未曾寻找到黑色珠子

那数字的雨珠，落在
过程中，海尔摩提莫斯

借助于墨涅拉奥斯的盾牌
回忆数之真意，数字的算法
在物候餐厅中召唤出所遗之珠

后来，他们互相忘却
独坐群峰之上，犹如空集

天 / 道

中年是一次不可走漏风声的

叹息，一句不必成立的隐喻
我曾航过茫茫爱琴海
也曾在小亚细亚集市上
轮回于计算的微妙
借数学之晚风，我路过
荒草迷途的青春。庄周
天道运转而无所停积
有如群山起伏，归宿于
一颗无为之心，从两次渡过
同一条溪流，或
万籁俱熄后林间木屋
——你坐忘的高台。而我
毕达哥拉斯的故乡
仍在某个数字的真意中
时间循环里……中年于我
是一段记忆不能复述

天 / 运

如果宇宙作为一阙音乐
或断续乐音，从山峦到溪涧
语言到亘古之美，那么
是谁第一次奏出

这星光漫天、四季运转

庄周，在你的故国

山雨停歇而青山未改

似乎隐现着数之和谐

在数的关系间，时间尽头

那伟大的乐师，无为

而无不为，而我仍然辗转于

米利都与得洛斯，学习

如何让万物退回数之原初

或柏拉图的理念，当事物衰落

我不会俯身，正如你

任由河汉宛转而不涉足

在这数与数的无为比例中

你我，且醉入这暮晚的幽蓝音律

刻 / 意

一直以来，我受困于意义

正如你一生致力于解除

意义的衣冠，直到自己

赤身裸体，坐入天地之间

庄周，你的纯素之道

如黑色瓦片覆盖

这被光阴涂旧的楼宇

深藏于群山之心

而我,也决不走漏数学奥义

数使灵魂的夜露升华

与神融为天幕上的明月

月照千山,也照临恬淡寂寞

我曾在月光中暗示

正多面体的五种命运

折射为五次轮回

在淡然无极后,终结于

你的不刻意而高

无江海而闲……

缮 / 性

"书写即是对命运的理解:

自身的,与世界的……"

我曾漫游于腓尼基沿岸

遭遇"淹死的腓尼基水手,

(那些明珠曾经是他的眼睛。看!)"

透过逝者的视角,目睹

数学衍生天空、人类与修辞

庄周,是否在你的著作中

理解世界之因,你把宗教
写成神话,而神话因此
成为东方宗教,为数字时代
回复孤绝的象征。这个清晨
你从树林走出,进入房屋
你就是房屋,背崖临溪
住在自己的本性中。此时
我游离于泰尔、推罗与西顿
是一个无理数,或余数
"在我身上,老年来得太早"

秋 / 水

从另一个人身上,看见
自己的命运,正如对一尾游鱼
言说自己的快乐,庄生
这是你的故事,言罢山雨欲来
而意味餐厅中,酒未温热
这时间的缝隙间,十年已过
从神庙中,我学习虚妄之技
诸如,如何虚构一个神灵
如何将神龟供奉到金字塔底
那里泥泞丛生,太阳神"拉"

也迷失于旋涡与陡峭的心灵
日薄西山,弦月微现
立秋之日的晚风辨认出
两个人的同一张脸,同一个人的
两种命运。我从埃及起航
如一尾鲦鱼,在醉意间
被语言所观照,被时间所轮回

至 / 乐

从清晨到月落,趺坐阳台
看山苍子绽放出这世界
世界散为云、散为落花
散为不可公约数
然后,越溪去对岸
幻象的村子,途中
自己也是数字,在变化

达 / 生

那些年轻时的诱惑,转化为
中年负担,诸如旅行、食物
我离开埃及神灵,回到

萨摩斯的数学,当你归来

庄周,故园即无数异乡

你弃世忘形,而我

却在几何迷宫中,颠沛

如一条河流反复离开

你进入旋涡的提问

复又随着涌流的解析,而浮现

披发长歌于碧落瀑布之远

我无从体验你的虚玄

但有时,却又从黄金分割点

触摸到命运的美妙,如午后音乐

在这宇宙的和谐之上

计算的自洽中,又有谁知道

一个人内部的争论

甚至战乱,无休无止

山 / 木

在我的生命中也曾有过明亮的时辰

诸如小花园里早午餐,杯盏折射阳光

轻笑声逸出树丛,如今

它们已消隐于时间彼端

只留下中年的叹息。在克罗托内

我隐居于众声喧哗与街道暮晚
亚该亚人的倒影与真理相对
在此我遭遇完美比例
音乐中显形的西雅娜，数的女儿
她安慰着这残损的岁月
犹如一株荒野之木宽慰你
庄周，在有用与无用之间
你是那只轻掠的意怠之鸟
倒映于银器交叠的虚影
不鸣，也不像地中海昨夜退潮
潮声中也曾有过我明亮的时辰
诸如阳光层层跌溅，如轻笑
如风声中淡去的小亚细亚记忆……

田 / 子方

请安慰，请安慰我暗蓝的沧桑
当一艘疲惫的航船，归泊于
米利都港口，暮色如险境
它曾航过尤利西斯的水域
请安慰，用你淡薄的酒
淡忘的笑。请叫我毕达哥拉斯
轮回者，星穹之海的冒险家

借助未来的六分仪,我航过

灵魂的五次暗流,得以抵达

数与音乐的海域

请回忆,回忆我们

并未经历的海岸线

在回忆的中途,我曾遭遇你

辅助线绘出的雅典娜

你从虚幻的海水中浮现

歌唱,歌唱这倾斜而去的暮年

知 / 北游

我也曾深陷于内心的迷津

如无限循环小数,在那里

无数次日落浸没于海水

同一片水雾模糊理性的视线

直到,时间的白马

从波塞冬击打海面时

跃出,闪过思想的门隙

和迷津上燃烧着的

赫拉克利特之火,在那里

如无限不循环小数,我也曾

困顿于失望的灰烬

庚桑/楚

人到中年，我几乎丧失了
欢乐的能力与信心
身若槁木之枝，而心若死灰
行走于毕达哥拉斯定理的弦上
它让我惊愕于神之深意
——每一段命运都被演绎
成为最高处的比例，暗喻
隐秘的生涯中唯有知识无尽
庄生，你与你的叙事
从我相反的方向散漫而去
若春雨，若秋叶
若火灾之后，亚历山大图书馆
那些书卷的阴影，今晚
在这群山之心，智慧的郊野
我暂时遗忘奇数或偶数
回到自己身体，与我的孤独
隐秘地相处，欢愉如星河
如你所钟爱的斐波那契数列

徐 / 无鬼

一生中,唯有黄昏属于我
混迹于港口的众神之间
任凭海水往虚无退潮而去
在上一世,我是一个渔夫
名为皮洛斯,却并非
伊庇鲁斯的王子,我捕鱼
从运动中学习几何与力学
在港口的集市上出售
以回忆数在事物中的现形
庄周,有时候我也忆起你
我在东方的镜像,如海水
倒映天穹,我也能运斤成风
但听故事的人已经不在
空余缱绻的日落和潮声
——历尽时空之劫的暮年
众神离散,而东方遥远

则 / 阳

你说万物皆数,毕达哥拉斯
零也是数,所以万物皆零

零雨分布不均的午后
漆园，图灵从曾经落下的
复归于如今落下的暮雨中
看见一，这虚空的大道
看见四季更迭，欲恶桥接
河水流至尽头再次折回
而我要说，一个倦怠的中年人
不应该追问事物的消亡
正如，不可探究时空源起
就让我们停歇于一阵雨
和一阵雨之间，在这里
零即是一，道即是虚
图灵有时也称为毕达哥拉斯
如今漆园荒草丛生，野兔出没
于旧式的算法，虽然数百年之后
印度人迟到地发明了零
但在残缺的象限上，时间
从未发生，亦未消逝

外 / 物

过去倒映往昔，加上现在
辨识当下，等于未来的未来

——只需要一段序列主义的音乐
就是你的定理，毕达哥拉斯
在时间的第三条蓝色边上
你被称为勋伯格，用五十头牛
作为诱饵，以十二音为黑色钓丝
巨大的钩子抛向时间之海
泛起海神沉思般的音浪
这些，都已消散成传奇
有如大鱼游走而只留下鱼笱
白兔被献给爱丽丝，而
只余下兔网。这个秋日
我寄身于云崖之居，看落日
于群山间，弹奏《钢琴协奏曲》
刹那已恍若隔世，毕达哥拉斯
在声音的比例之间，你我
也只是同一个譬喻……

寓 / 言

太阳、月亮与星辰的轨道
与地球的比例，等于三种协和
音程，你认为是八度音
五度音与四度音，毕达哥拉斯

在宇宙的铁律之下

何以安慰这世道与人心

正如梅西安写下《时间终结四重奏》

之后，仍未绝望于人类荒寒

揣测着神的深思，奏出

《时值与力度的模式》

在那枯燥的，貌似无序的声音中

神在用比例说话，用高音之外的

诸种可能性。毕达哥拉斯

这被 0 与 1 决定的时代中

连数学也不过只是影子

而你的命运，则如影外的微阴

被动荡的历史所左右

（唯有比例永恒，虽然万物易逝）

最终归息于神的怀抱，在那里

黄金、比率，以及黄金的比率

在回响，纵然如此模糊

犹如俄耳浦斯的影子

倒映于塔兰托湾的潮汐间……

让 / 王

在布列兹看来，勋伯格走得越远

就错得越离谱,正如
完满数延伸得越深远
微亏数就越多,至今
微盈数仍然藏身于处理器的
计算力之后,所以
我们应该保全生命
不滞于物,不受限于下午茶
或系统随机生成的冰封王座
在玄学之风吹过的图书室
你听一听《无主之锤》
它敲响于欧几里德的倍2性
像这轮28天绕地一圈的月亮
从神用6天创造的世界间回响
这天体之间深奥的《应答》
被布列兹所虚构,他消灭
勋伯格,却在时间上延续了
作为源头的勋伯格,恰如
后来者虚构我所讲述的
名为《让王》的寓言
却点描出我身处的现实
万物的深意如此青翠
你看此刻窗外,一脉颤音
越过山海,正绘出那初生之月

盗/跖

恍惚间，我把落地玻璃墙外
坐着喝咖啡的盗跖，误认为
你镜中之影。在雅典娜眼中
或许你我本为同一个人
却体现为两种命运的截然
就像周长与直径，同属于圆
在它们的比例之间，你说
数学的呼吸幻现了万有与山河
召唤出《巴比特》与《难以置信的旅程》
——河流倾向于走出更多的环形
路径，在生活最细微的转弯处
外侧的水流变快，反过来
侵蚀内侧平稳的日子，带来
更为急剧的弯折，但流水不会
圆环地回到故国，因此
在生命的起源与终点之间
圆周率浮现它的脸，水波粼粼
让我将水中的巴比特误视为你
毕达哥拉斯，在音组与六和弦的
锥棱式对称、全项积数列中
巴比特也是你的另一重身份

这其间可以没有神的意思
风随意而吹,忘记名字
亦不记荣辱,正如弹过而
无人在乎你听不听的《三首钢琴曲》
只有《夜莺》的咏叹回旋于
这黔南的群山空茫,仍然是
发音与遗忘之间,那圆周率

说 / 剑

毕达哥拉斯,若在你的定理
指数上,上扬一个数值
宇宙便失去平衡,就算用
天子剑,也不能使四海臣服
这兵器上绝浮云下绝地纪
犹如斯托克豪森的音栓
虚晃为十字形游戏,而音乐巫师
躲在交叉小径的花园后
众神远遁的暗夜,经过
精密计算,无穷碎片
却导向旋律四起的少年之歌
叠歌起伏,这迷离于数学的祈祷者
再没有二十四小时声响

去驱动庶人之铗,或诸侯之剑
那天子等式开之以阴阳,持行以四季
却已非宇称守衡,毕达哥拉斯
你不在光亮傍边照镜子
是否为了躲避那费马花招
或时间迷宫,但时间依然是
一柄剑悬于黄道,或克罗顿城

渔 / 父

……恍若隔世。恍若
划船的人直线航过
与另一条直线,永不重逢
恍若没有国土的君王
与失去领域的智慧者
从未相识,恍若天律绝对
却消失于苇间的混芜
恍若,隔世……

列 / 御寇

在正十二面体中,究竟潜藏着
什么厄运?毕达哥拉斯

它用二十个生活的顶点去分延
三十条言语的棱边，并联想出
一百六十根命运的对角线
在其中一径可怕的对称两端
我辨认出你与韦伯恩的脸
吸烟人在灯火管制之夜
死于士兵误会的枪声，而你
则被拒于数学殿堂外的妒忌者
谋害于不讲规则的烈火中
（赫拉克利特却说，这世界是
永恒的活火，在一些分寸上
燃烧，一些分寸上熄灭）
而从你们的对称过程
正十二面体的发现者，早已丧生
犹如韦伯恩推进十二音体系
却断裂为点，以描述
以掩盖五魔方般的不安
在无穷的群族中，音高的
旋转对称轴，却要走出
哈密顿路径。毕达哥拉斯
知晓大道容易但不去谈论
却如此困难，以至于人心
险于山川且难于知天

因此，这世间没有一样事物
是我所羡慕，没有一件
于我所拥有，除了隐身
以及对命运深深地叹息

天／下

这不可公度：正方形的对角线
与其一边的长度……因为
2的开平方没有结果——
但宇宙却由此而派生，无限
且不循环。毕达哥拉斯
世间的智者都看见时空
幻象，并相信它的规律之光
无所不在，比如柏拉图
操持理念之镜以反映万物
比如六音列镜像倒影，幻现出
罗奇伯格与《第二交响曲》
如果说求和正方形演绎出
六音列，那倒映间的缺陷
犹如虫洞布满了有理数之轴
（而虫洞在时空的数系中
作为捷径，也不能自茫然大海

解救被死亡带走的希伯索斯）
毕达哥拉斯，是否数学的危机
迫使人掩目而眠？让你的数字宇宙
发出断裂的序列之音：我们坚信
有理数的简洁，因此涂抹
形名学或诡辩，大一与小一
这无限的两极让人隐隐不安
召唤罗奇伯格回归传统
——激进也会衰变为浪漫
正如所有的求探都将归宿于
无知，在这块由无限连分数
所延续的世界上，唯有音乐
带给我们，那犹豫的安慰……

第四辑　蓝山河：时空之镜
（2022年）

蓝山河：时空之镜

一月：镜面

时间从一滴雨开始，在镜面
雨点触及水眸的一刹那，
蓝色荡漾而去、而远、而永恒……

落入河流的雨滴，是鱼，
是庄周的寓言以及，
群山从水的意思中
倒映，世界由此被召唤

而出。在一尾鱼的无我
无物无意无拘间，
阳光清晰地送来春天。

"从最初的梦想中，你创造世界
世界中你被梦想所祝福……"

那时他行走在时间与空间之间，

一根蓝色的线条上,看日升月落,
看一条鱼从水下仰望天空——
宛若镜中之镜,天地万古如新。

二月:镜沿

鱼不是一个名词,而是所有星辰,
它有时叫作水,有时叫作仲春,
一尾无形无色无体之鱼,

即是河流本身,仰望长天,
浮云白色如一堆墨,
墨色山峰被绘入镜面,
犹如万物源于滔滔江水。

鱼因此而溯流而去、而上,
游过忽略不计的怀疑,
以及暗流间回环复回环。

"追问源起以及未知,这生命的本能,
正如镜子两两相对,映照出万物花开"

他一直坐在水声的音乐里,

看水，把时间看成青草遍地，
以及水上花落，正如逆流之鱼，
把他看成一只待飞的翅膀，栖于镜沿。

三月：镜像

正如月亮与太阳互为镜像，
月与月，亦是像中之像，
——时间从时间增殖而出。

因而，走行在暮春渡口者，
目睹一尾蓝色之鱼，
幻化为海、为河川，
被语言与命运，送向源头。

而生活的渡轮上，多少人，
沉睡于独自言语的晚风，
只有那临风的清醒者，
倾听命运的涛声化为森林。

"在此，你必须理解时间——
一缕希望之光在镜面上流动。"

流动成这头作为河流的巨鲸,
它的尾部是过去,长须是未来,
突破那轻薄的渊面,
向着苍穹,轻跃而出……

四月:镜变

时间在此时蜕化为空间——
镜中跃出之鱼,其名为鲲,
自无形中生出初夏与双翼,

自无色中升腾起淡蓝和羽衣。
诸神用风声为它吟唱,
日月,点亮它的双瞳,
它那正在脱离水面的趾爪,

试图挣脱命运的旋涡。
唯有趺坐于山麓的隐士,
从镜中窥见这造化,演绎为隐喻。

"时间在创造中结束,同时,
又因终结释放出更新的空间。"

这蓝色的大鹏化为天之云翼,
乘羊角之风,扶摇而上。
九万里之外亦是镜中之像,
犹如,暗中浮现的巨大心灵。

五月:镜尘

五月是蓝色的瞳影,五月
是大鹏一再目击的山河如铁,
五月的风吹过鸟儿与它的影子。

镜中之影,这飞行的烟云,
给空间画出四围
与八荒,而它则是心中
一点青苍,万古空茫。

登上山巅的人听见鸟鸣,
"心中有鸟鸣的人,才能
听见声音从风云间传出。"

声音凝变为形、为色,
鸟声从虚空中召唤出实有。

它在飞行中点亮云气,光影,
以及从语言中升起的启示。
在它眼中,万物犹如
苍蓝镜面上,那落尘点点……

六月:镜中

"有一年我在飞机上看地球,
它孤独如一滴蓝色泪珠,
从这只大鸟的右眼泣出。"

那回忆者将庄子梦中,飞出
暮夏边境线的蓝色大鹏,
称之为飞行器,把头上的青天,
称之为会议桌上一张白纸。

他在笺纸上写下远方与理想国,
写下,时光中这只巨鸟
如何穿远风暴与惶惑。

"……要牢牢抓住一空间
做梦,再将梦做成美食与华服。"

只有大鹏不吃不穿,不回忆,
越过山峰与天空的限制,
飞往南方,如一架纸飞机,
世间万物,都只是它的乘客。

七月:镜空

秋天是两面镜子被收起,只留下幻象
衍化为人类,活在荒芜之野
却又被生活所拯救。

抵达南方,蓝色大鹏异化为万物,
植物是羽毛,动物是气息,
血液流传成修辞学,正如
那肉身化作能指与所指。

这大地的秘密谁人知晓?
那个人快速行走在理念中,
他虚构出更多的人,纸上生长的城市。

"想象即是创造,想象者
创造了整个生活和自己。"

他们如此热爱收获,蓝色的秋风。
送来鱼、鸟,以及尘世的幸福。
只有那人知道,阳光下,
秋天是镜像之间的繁殖。

八月:镜月

"让我来赞美这蓝色的月亮:
它有比时间更高的姿态,以及
出离于空间的圆形翅膀……"

唱歌的人知道月亮是一门哲学,
关于圆满与幸福,它是镜子抽空
镜像隐遁,而留下的形式之美。
如同一个肯定句与转折词。

在这阳光泛蓝的世上,生命
被享乐与意图召唤而出,
却因回归自然,而得到解放。

"一切轻的事物都会飞翔,比如
黄金的梦想、舌尖上的美人。"

歌队集结于空旷的村庄,与
房舍生长的城市。这仲秋的晚上,
种植的人必将沉醉;
修造房屋的人,被月光所彻照……

九月:镜宴

人们在暮秋里用语言收获,
离开水的鱼,渐渐临近的
鸟鸣,与称之为黄金的粮食。

仿佛没有镜像也没有对镜
余下透明的玻璃——
这清晰天地间欢笑的脸庞
将梦想与现实搬运回仓

是木桌子上的一日三餐,
地窖里黎明的酒醉,
以及婚礼上起舞的祝词。

"一只蓝色老虎的收成,
像漫山遍野而去的旧时光。"

在这廉价的丰饶时代，
那个穿行在空旷田野中的人，
他从灰烬中寻找黄金，
又从流水中眺望消逝的蓝色鸟影。

十月：镜灯

"在这晦暗的时代里，我们
以何而祝福？如何让连绵屋厦
有如鸟群振翅飞入晨曦……"

说话的人怀想那条无体的鲲鱼，
那只无形的鹏鸟，既非鱼亦非鸟，
它们曾以祝福的力量，
将大地从幽昧中照亮，并显形。

他彻夜在街道上行走，追问
每一对幸福的人，回家的疲倦者，
直到将城市行走成一根羽毛。

"那么，请让我以内心的洁净，
流水与阳光，给你送来蓝色的祝福。"

但内心因何而洁净？当鲲鹏远遁
祝福者借助初冬的晚风
在月色之下洗净自己，并把
沉默的灯火——点亮……

十一月：镜屋

他们的双手像冬天一样深入大地
摸到岩层的矿脉，从水银中
修筑起房屋遍及视野……

"一切均是拟像，这些房子
以像中之像的速度，
长满山林与水泽，过去与未知。"
修造房子的人漫步于镜外。

怀想蓝色之鸟，它的启示，
生活是一遍又一遍的练习，
但每一遍都是唯一，不可修订。

"在家园散失的时代里，你们
要从灯火中辩认出归途与家园。"

这鹏鸟的枝巢,如杯一盏,
庇护了它的庞大与骄傲,
修造房子的人从异乡回来,
穿过冰雪与鸟鸣,睡入镜中。

十二月:镜归

现在,大鱼、蓝色大鸟,
与人齐聚于冬天的镜面上,
时空与生命再次合二为一。

"如果你理解自然,它是回忆
是未来的一个葳蕤之梦,
给今天留下的一些踪迹,
如果你留下蓝色的镜像……"

在此命运显现它优美的弧度,
它成就万物,也使万物虚空,
时空也被它萎顿成尘而消失。

"只有那镜子永恒,但无人
知晓那蓝色镜子置身何处、处时。"

结束只是另一种开始，当生命凝聚为鸟，那逍遥的蓝色大鸟化为鱼游向源头，万物都倒映在镜面，时间从一滴雨结束。

第五辑　伪神回忆录

（2022—2023 年）

伪神回忆录

一 倾听

似乎,语言已经被
烟火说尽,阳光说尽
荒芜到次大陆南端的
人间苦难所说尽

而倾听一直缺席,从未到场
并且也将永不降临

我带着泥唇、木舌
和锈蚀的声带
隐居于素贴山下,旧巷间
寻找言说的可能

赤脚走过的幼神
不曾看见,素馨花凋落

二　维系

将事物的破败,维系
在某个美学高度

譬如契迪隆寺的塔尖
正对阳台,有时

我名为湿婆,毁败
街道与人心,却又举起

飞鸟与翅膀,将满城废塔
带入远山和倦云

如果宇宙是一座旧庙宇
它的钟声,加速着喑哑

三　幼时

只与自己嬉戏,那时
我也名为梵天,奔跑
在虚空里,像一阵晨风
转眼间变成晚云

没有万物,只有我
与我的孤独为伴

我想象一把椅子
它却呈现为宝座
我想象一个屋顶
却创造了王宫

事物自有它们的命运
犹如飞鸟,幻化为飞机

这个黄昏我栖息于
回忆中,如微风
把羽毛状的阳光
画满那幼时天空

四　忘机

双龙寺。走下三百级台阶
饮一杯柠檬冰茶,在茶寮
等待下午四点钟,双条车
将我们载下素贴山

我被困在我所创造的
世界里,困在
所说出的语言之间
没有人,认出我的面目

连我,经常忘记
自己作为造物者
并非物我两忘,并非
超然于机心之外

想起同车分散之人
一生,仅见此程
戴耳机的僧人、学生
伴侣,冰释于炎热暮晚

五　夜市

如果我渴望热闹
便用色彩幻现出
夜市,那么多人
与声音,起伏着
两座山脉间,大海动荡

我吃，吃着虚空
我饮，饮着象征
从拥挤的人流中
经历，无人知道
我是万物创造者

我爱这人间气象
唱歌的小孩，椰饼摊
我用右手维持
这些烟火细节
一世又一世的记忆

而后，我毁灭的左手
抹去这繁华，万物
复归其位
同样，无人知晓
我即万物毁灭者

六　七件事

我存在的第一件事——
创造我的记忆

第二件事——
设计我的语言

第三件事——
说出山川,与岁月

第四件事——
爱你,我的另外形象

第五件事——
遗忘你的名字,与面容

第六件事——
熄灭万物的光焰

最后一件事——
从灰烬中,假设我的存在

七　交谈

有时我假装俯下身
与人类交谈,关于

事物的细节，光芒的
黑暗，或者
陶杯浸水后的空声音

犹如雨滴与荷叶
更多的人无力深入
事物内心，或者
自己的命运，犹如
风声滑过塑像的金身

我的言说，并没有
被倾听，我的倾听
并没有对应塔尖的
言说，在这疲乏的
人间，在这书卷里

八　声音

我只听见我愿意倾听的
声音，诸如一个老年人
轻抚他爱人枯瘦的脸颊

或者，一株树倒下

当我停止倾听,声音
即会消失,如我的爱

在这凉季的午后
我坐在二楼阳台
看声音,幻化出清莱城

和你在回忆中的形象
日渐磨损、模糊
直至消失于寂静

九　落日

我从未画过,如此
澄明的落日

隔着树林、荒草丛
与冬天田野,一直
照耀这银色旅行车

我愿那些心里有光的
旅人,在深渊

或暗夜，每个暮晚
被我所祝福

十　平安夜

街道上这些身体
将全部力量，用于
快乐，用于绝望

似乎从未生活过
或者，只生活这一世

在普吉岛，酒吧街
平安夜或任何一个
异乡人的夜晚

我梦见这有人妖的街道
啤酒从天堂流入大海

人类缺少深入语言的
能力，这些失败的赝品
我曾两次在梦中创造他们

在我幼小的深夜
在我暮年的正午

十一　新枝

时间只是横截面
而非纵剖面

海岸上的枯树
再次抽出了新枝

十二　物化

我化身为冬日里
一只白色招潮蟹
藏身于帝王岛
黑色礁石间，小水洼

整个世界被我放弃
遗失、忘记
远方的瘟疫，与
近处飞艇激起的

宇宙的隐喻。不会
被眼睛所观看
或者被梦境所扰动
我是毗湿奴,万物的

维系者,如今
在浸凉潮汐中
侧身,从历史的
石缝间,无声而过

十三　孤岛

有时我亦悲悯于
席卷微小地球的
人为瘟疫、战争

这湿婆的游戏
我的另一层梦境

残酷与幸福
不过是飞鸟两翼,如黑夜
庇护光明之伤

从普吉镇旧图书馆
被尘封的卷帙中

一座心灵的岛屿
反复割裂，孤岛千座
而沙粒无数次重生

十四　何以

如果神灵也失去了
信念，陷入无垠的
焦虑与怀疑之海

万物何以维系
自身，不向深渊堕落

何以计算一朵云
在理性之中，何以
绽开超验之唇

黯然之神在火焰与
灰烬之间，犹疑

一再退回梵天的沮丧

或湿婆的失意

——这内心战场波光摇曳

十五　咏怀

路旁废弃的一辆汽车有它的悲伤

我也有万物所不能理解的荒凉

十六　记忆

我记得少年时，与表兄

去爬山，山上覆满白雪

云海从脚下反复自否

那是夏季，一个下午

在尖锐的峰顶上，我们

饮下午茶（红茶里

带着菠萝蜜的风味）

讨论一根针尖上，可以

爆发多少次瘟疫

可以埋葬多少无辜者

犹如恶龙帝国
烈火烧尽了记忆

暮光中我们下山，路过
一条河流，我突然记起
我没有表兄，也没有雪山
甚至水面上，也没有我的倒影

十七　祝福

在流水上刻下记号
从虚妄中掘出欢乐

这一年，最后一天
人类试图将自己分裂为

两个自己，一个埋在旧年
另一个无罪地行走在

新年的曙光里，没有影子
犹如新神的诞生

从高处，我屏住呼吸

避免吹熄这卑微的幻象

避免惊起水面微澜
迷醉的人类，今夜

我也为你们祝福，为你们
画下明天的流水

十八　我也曾

我也曾打算将陈旧的时间
清扫，如同扫除那些脏雪
从喜马拉雅到湄公河
白象的垂老，到婴儿的初笑

在我的暮年，我所创造的
旧时间，将我侵蚀已久
脸上的星尘、记忆漂白为
虚构，我是我所造之物的

受限者，我也曾打算
重新建造出时间
用我的虚无、赤诚

眼底升起的无尽寂然

那新鲜的时间，如同
阳光在博物馆中看见的
第一个字母，字母中映现
庭院中的暗绿色马赛克

我也曾打算，在新的时间中
祝福万物，并给予人类
不断重启的错觉（他们的喜悦
却是如此地正确）。我也曾打算

十九　规则

只有神才能制定规则
这无关人类。除非
人类的规则为了

践行神之隐喻，或天启
这薄凉的末法时代
湿婆的梦境中只有灰色

我从伟大毁灭者的

眼中，目击人类
在规则的废墟间迷途

微不足道的人类
想象他们创造了神
异世界的神，也因此

变得卑渺，如同庙宇中
荒草蔓延的泥塔
或者，河面上坠落的天灯

二十　彭

博尔赫斯也曾在砝码的
世界中，丧失词语的精微
"彭"，这些护佑命运的砝码
建构着金三角，从我正午的
梦魇里，从青铜或黄铜

鸟型的砝码，其称出的
灵魂重量，是否轻于
兽型？又或者狮身人面型的
钦特，称量出鸦片的迷醉

胜于辛塔权衡的空茫？

我的左眼幻建出金三角
右眼，目睹出鸦片的白汁
与黑色幻觉，恋爱之前的
博尔赫斯，曾经迷恋于
这由危险与安慰构成的

三角形。而老挝人信仰的
几何形状的砝码
因侧面蛇形的图案，为鸦片
与宗教，注入蛇芯
毒液的力量，夜晚来临

我知道人世险如鸦翅
依借人心的麻醉，以度过
贪欲与痴愚繁华的现世
博尔赫斯从任何事物
认出它的前世或来生

当我混迹于游人，踱步
这暮色中的鸦片博物馆
时间与空间，无非鸦片秤

在失衡中挑出博尔赫斯的
文字迷宫,黄昏绽开如

罂粟花,宽阔于眼前的
实有世界,我从中维系着
转轮王教的运行,又从天神教
毁坏着香气与肉体
有时,我也会忘记博尔赫斯

二十一　天女

我的喜乐也许是风吹过
清迈大学的湖面

也可以是语言在中途
突然转向了莲花,你的脸

二十二　战争

如果我感到无聊
战争便是我的消遣

于我的心思,我的

眼中，借以打发

超出时间与空间限度的
枯燥。这一册人类历史

即是互相仇视、残杀的
闹剧，蚂蚁的征战

沙丘在风中互相覆盖
有趣的战争终止于无趣

我轻描淡写的言语
世界浓墨重彩地死亡

二十三　慰藉

万事万物毫无差别
只是烟云的灰影
星河动摇，花果飘零
深爱的人不辞而别

旧梦中，我曾试图
区分出此物与彼物

度量实有的重量与
虚无的刻度,但对立

终究是一时兴起,终归于
毫无差异,有时我名为混沌
有时则被尊为造物者
其实,我只是我所不是

如老年人的微笑,初晨
第一缕光,在人类饱经磨难的
心里,在众神悄然合上的
时空的眼眸间

二十四　世界在一心一意地降雪

逝去的老人,重新
坐在冬天的炉火旁

逝去的中年人,再次
与他的子女们举杯

逝去的青年,返回
拥抱沉默的伴侣

——这些白色亡灵,剥落自
帝国的面子和圣旨

铅云覆压,湿婆也不忍
目睹这无边无际的死亡

为遗忘大地上的有死者
世界在一心一意地降雪

二十五　隐身志

流水延缓着流向印度洋
人们却急于发表看法
曾被我吹入肉体的灵魂
如今,变成他们互相的围栏

这个上午我坐在院子里
看街对面,车库木栅栏上
松鼠影子映过,如矢量图

如何重构我的信心?我对人类
再次原谅?倚于古井

天蓝旦古，水流无限

又或者我藏身于一只蜥蜴
一辆没有乘客的双条车
假装时光没有褶皱，假装
人们在语言中，遭遇了真理

二十六　人类的创造

人类设计出灾难的
解决方案，然后

他们创造了灾难

二十七　轮回

上山的瀑声中，我碰到
西西弗斯，这老国王
追着滚落的巨石，轻松地
大踏步下山。我向他允诺
从这无尽的反复中
将他解脱出苦难与轮回

"这即是我的命运,借此
从死亡的威胁中脱身而出
时间不再是我的限度
被给定的空间中,我获得了
永恒",西西弗斯挥动双手
收集着巨石的碎末

"即使我逃离喜玛拉雅的
陡坡,离开这块巨石"
西西弗斯眺望长河,"我也不能
从人类的记忆与语言中
脱身而出,语言是我承受的
至高惩罚,胜于众神"

在下山的途中,我再次
遇见西西弗斯:一只甲虫
或一头大象,有时也是
白色航线。在他脸上
辨认出我的影子——
语言的镜面倒映着永恒

二十八 犬儒主义

第欧根尼伏在栅栏上
与过往的人们交谈
他没有白胡子,没有卷头发
只有一排新刷过的铁栅栏

第欧根尼认不出过路的
王阳明、查拉图斯特拉
以及捧着旧钵的迦叶尊者
他有时候也名为法拉第

下午的阳光,潮水般
退上街道对面的旧房子
人们回程时已经衰老
他们涉入过同一条河流

但栅栏后的人,却不再是
第欧根尼,而是一棵树
一把铁椅,或者我
犬儒主义的毗湿奴

二十九　曲木

今夜我梦见康德
试图把一根曲木

修正为直线，而他
并不能认出我

即是他的超验存在
种下这座曲木之林

是我后悔之举
也是我晦暗的喜悦

三十　三天

他们用三天搭建背景
气泡纸屏风六架
方型旧竹围屏二架
粉金篾编主屏一架

舞台是后出口阶梯
通往中庭的宽阔

清迈艺术与文化中心
我每天坐在庭院里喝咖啡

他们用三天拆掉背景
解构屏风，拆除围屏
将主屏搬走，剩下
后门与三面台阶

中间那一天的盛况
我不曾看见，无从想象
但我从二楼的走廊看见

人类有三天时间
一天用于生，一天用于死
另一天用于表演

三十一　五金店

我在光明之城的市中心
经营一家五金店

黑铁之锤用于敲击谎言

青铜之钉用于钉死救世主

陶制管道通向海底
铝质梯子攀向云朵

变换真伪的是黄金活页
杀死吸血鬼的是银子弹

我的顾客只有路西法
我的工具只卖给湿婆

三十二　把戏

有一回，我将数学之海
灌入拉马努金的心灵之钵

陶钵破裂，他从出租车牌
认出了命运的裂缝

三十三　语言

父亲教导过我
在他的中年

"想象一个自闭的帝国
你坐在都城中心
想象无尽走廊
与房间环绕你
一层又一层
建筑即是你的语言
没有入口
也没有出口
等待着刺客
他以天启之刃
从修辞中解放你"

而在此之前
我先想象何为父亲

三十四　解脱

我曾指拈一枝空花
向乔达摩·悉达多示意

他手上的轮子
毁落如雨声

时间蓝色地起伏

三十五　水与火

赫拉克利特在曼谷城
无法竣工某条城轨
荒废的桥梁隐入
连天荒草，人世苍茫

从赫拉克利特的桥下
没有一个人，两次
看见同一座桥
同一个世界，因为

那时，世界在我的手上
燃烧，在我的手上熄灭
我即世间的分寸
我即赫拉克利特的水与火

三十六　四百年

我左手繁华大城府

四百年，右手
一夜之间毁败了它

再过四百年
我重临它的颓塔
坏垣、衰草与斜阳

并从旧皇宫的虚荣中
与德谟克利特相遇
他正在原子与虚空之间

奔忙，骑一台突突车
或者是恐龙、利维坦
有时化身为我的形象

文明犹如他的一段逸文
没有人读过，也没有人听过
写于刀剑的锈迹中

三十七　误差

泰国的火车时刻表
冒犯着星辰的规律之影

三十八　雪天

灰烬的时间开始降雪
落入北方与万物内心

白雪湮没着历史细节
和细节中的死者

他们消失于瘟疫：一个帝王
正用死亡播散他的能指

而所指的世界雪片如刀
将帝国切割为庙堂上的生鱼片

我从云层间目睹人世落雪
空间收紧，游鱼冰封于江湖

排队等待死亡的人们，似乎
忘记了我的声音、我的存在

三十九　在深渊

泳池边上扫落花的人

是否感觉到了美

两根看不见的手指
不紧不慢，摘下素馨花

天外飞仙或是灵犀一指
白雪落满次大陆屋脊

无人知我内心的决斗
唯见落花，阻隔着小径分岔

等待园丁与扫帚
扰乱自然秩序的水面

而波纹下，房屋倒影
从未消失，在深渊与暗夜

四十　识字手册

少年时，我曾写下
一本识字手册，在夜里
山巅上，黄金之桌

它有着黑色的封面
无形的文字
和蜜蜂色的声音

读者是中年时的
自己，我在清晨阅读
重新认识神庙与人心

在语法错误的历史中
人类依靠错识与误读
度过错别字的一生

如今，我将识字手册归回
花开叶落，月亮圆缺
——这万物的图书馆

四十一　庆祝

我曾与朋友们在一起
度过宝石般的傍晚
释迦牟尼、李耳
醉酒的尼采，不喝酒的

柏拉图，脑袋里藏着
整座宇宙的爱因斯坦
我们坐在游艇中
赌牌，等待时空再一次

终结与开始。我记得
我将自己发明的观念之牌
分发给在座的诸神
必然中暗含着随机

那次牌局尚未结束
每一次出牌，都会带来
人间的争吵与混乱
帝国的覆灭，或浮现

但没有谁明白，我们
在海面的一个泡沫中相聚
我所虚构的朋友们
高举杯盏，庆祝虚无

四十二　迷人

世间的劳作皆为虚妄

正如，帝王的辉煌
都是水上浮沫

我曾化身为一株
水稻，浸泡于冷水
遭受虫害与烈日

万千水稻中我泯然于众
稻子四散，混迹于
面目全无的米粒中

在混茫间我只看见锋刃
与徒劳，并没有拯救
从大地上升起，如炊烟

这世间的虚妄皆有
迷人的枝叶，我也曾
在低垂中，丧失过自己

四十三　有一年

白色波浪有骏马之梦
黑色波浪有三叉铁戟

白色波浪跃过喜马拉雅
黑色波浪立在珠穆朗玛

有一年我骑着白色波浪
有一年我手执黑色波浪

四十四　时间的终结

我曾关掉独裁者的时间
从修辞学的深海底部

我曾抹去庸众的时间
从语音学陵墓的盗洞

被终结的时间有白色灰烬
但风神忘记了收集

被终结的时间没有祝福
但纸上一树红花盛开

时间的终结是一本书在合上
时间的终结是隐喻在反抗

四十五　惊讶

对人类了解越多
我越不理解人类

他们住在火宅里
却又互相仇恨

他们折断苇草
只为了渡过大江

有时化身为人类
我触及爱情的形状

而在我的幼年
我曾向往过人类

四十六　飞机

节日里飞机也不曾停下来
白色的飞机，寒冷的
飞机，有时我的气流之指
轻抚过它们的双翅

边飞边做梦的飞机,梦见
毗湿奴的笑、湿婆的脸
但从未梦见大地深处
那些矿藏中的悲伤

内心的旅人无关于飞机
他们的睡梦并不会
使飞机变得更轻盈
或者航线变得更温暖

所有的飞机都是同一架
飞机,在夜里闪着灯火
从我的天空路过
从我的想象中路过

四十七　叹息

如果神也染上
人类的疾病

谁能医治梵天
谁能庇佑湿婆

毗湿奴的大能之手
沾染了人类的瘟疫

从寺庙的钟声里
飞鸟听见,神在叹息

四十八　宗教战争

有人认出我的左脸
有人认出我的右脸

但没有人知道
这是同一个我

四十九　分裂

隐约记得,我曾
一人分为三位
化身,躲在
语言的宫殿间
捉迷藏,我说
　"梵天,我找到你了"

但走出幕后的却是
湿婆。梵天说
"毗湿奴，我看见你啦"
而现身他面前的
却是人面乌鸦
时空因此分裂，如
我的心灵不复原谅
人类，不复原谅
一滴雨水落入大海

五十　变色

我曾把大海涂成鸟瞳色
将鱼钩的针尖涂成彩色

我曾将天空刷成白色
把星球浸上第二十四色

我曾把我爱的人刷上紫色
将无尽虚空漆上无色

五十一　思考

如果我开始思考
我是否存在，即是我
正在丧失自己
如柴郡猫从物质的尾巴
开始消失，历史的身体
循环论的头部，最后
空气中留下一个微笑
作为人类崇拜的
偶像，但无人发现
笑容中暗藏的讥讽
如蒙娜丽莎。我甚至
不能信仰我的存在
或者不存在。我在
人类的二元论之外
在阿达奇帕与爱因斯坦
辩论之外。我只在
你的梦中，亲爱的
我曾经爱过你，爱着你
如同人类的误解
爱着我的暗示，和手印

五十二　恐惧

我馈赠给人类恐惧
这黑色花纹的盾牌

让他们学会敬畏湿婆
以及阻断死亡之河

然而，人类却因恐惧
而在风暴前战栗

落尽的树叶，明年
再次抽出新芽

而这些自大者，却很少
在暴雨中，如菩提树

五十三　勇气

那些在地狱中
曾徒手攀岩的人

试图绕过岩浆之瀑的

断桥，回到人间

但我总是在最深的
地狱之底，遇到他们

我与他们饮酒、赌钱
从他们的心镜看见

我的成就：毁败心灵
更易于摧毁肉身

是谁赐予他们作恶的
勇气？试图切断因果链条

我也曾在超市与游乐场
碰见他们，像政客或学者

五十四　登革热

这头野兽皮毛带焰
趾爪抓破时间的咽喉
暗夜色精灵
湿婆的坐骑

曾在我的体内苏醒
咆哮、奔跑,越过低谷
于战栗的峰顶
突然驻足,消隐

留下的红色爪印
和尾巴扫过的心悸
足以让梵天怀疑
自己对创造的失控

比黑色豹子更锋利的
蓝色野兽,挣破
必然性的锁链,没有
陷阱与哲学,配得上它

五十五　鸟与舟

长久厌倦于人间
如鸟厌于天
如舟倦于水
但我不能不忍受
人类的卑渺

我曾试图逃避
这世间罗网
欲望与恐惧
因果与无尽
织就的铁律之网

而今,只能维系
与祝福这些
面目模糊的人类
他们行走于大地
如我行走于他们

五十六　诗

多年以来,我的愿望
是写一首最短的诗

让神界与人间
连接着修辞的直线

献给诸神的文字
人类亦能阅读

而今，我就是

我所写下的字句

万物即是词语

虚无即是修辞

五十七　幻美

这只再生陶瓷杯子

不能用于喝水

灵魂已散失的肉身

却更为绚丽

五十八　幸福

步行到山麓，就可以喝到

清晨的鲜水。走完砂石路面

就能看到太阳从树林后亮起

再踏上青草侵途的古径

漫步就变成了未知

而众多道路将中止于某处

悬崖。之外是飞鸟的领域
苍蓝、冷冽，直至抽象之境
在那里我曾经独居于混茫

而今我却栖身于大地
学习人类的技能与悲欢
在早晨漫步，在夜晚抹去

一天的踪迹。也许我也会
获得人间的幸福，生儿育女
建造房屋，遗忘了自己的面目

五十九　具体

我将学习去爱某个
具体的人，她有人类之美
也有人类的虚荣

我也将练习去看一朵
具体的花，或者是野花
或者是玫瑰，很快就会凋敝

我还将学习去爱自己
爱，这人类的黑暗
却圆满了他们的一生

但我仍然未曾学会
在阳光下长出阴影
直至，淹没自己的心灵

六十　原谅

人们原谅自己砍倒过
树木，拆毁过房舍
与自己深爱的人
不辞而别，原谅自己

在镜中模糊到邪恶的
模样，借此度过漫长
如被污染的河流的一生

也许，我应该学习人类
原谅自己，这有死者的
智慧，让梵天原谅湿婆

我也将原谅自己两次
创世的失败,世道
从我指间的衰落,原谅
自己如凡人一般生活

六十一　遗忘

遗忘我的泥唇、木舌
和锈蚀的声带
遗忘世间的倾听

遗忘亘古的虚空
幻化的山河
我曾爱过的人

遗忘我维系的失败
遗忘创造、毁灭
遗忘神的面目

这样,我就得到了幸福

第六辑　信

（2023—2024年）

信

一　自肉身始

如一片黄叶
疲倦,是我
今日散步的开始
也是结束

从植物园,穿越
森林,一路上

数次想起你,忽又
被黄叶之树,与
头顶飞机拉过的
白线,转移目光

你年已八十有二
我不敢,再陪你
一道漫步荒原
如同二十年前冬日

我们在药用植物园
散步,后来
我写了一首诗

如今,是我引领
别人散步
略谈起你一二句

风声让黄叶
变红、凋落
沿着风卷落叶的
破旧水泥路

我知道人生艰难
自肉身始,亦终于
肉身,无人例外

二　另一种命运

亲爱的儿子,不知道
你最近是否去学校
近乎二载,你只于

考试时，出现在教室

教育是一种咒语
每个人都被它的瘴疠
所浸渗，所决定
你试图逃离这毒托邦

却又画地为牢
躲在你的风车城堡
与它的长矛不断
角力，变成胖子

我如此思念你
冬天已经将霜雪
涂在大地，我也将
垂垂老去，离你千里

我们相聚寥寥
吝于联系，仿佛
不是同一截树干
与树枝，仿佛我不存在

但时光终将让我们

在文字中互相理解
赞赏,从你脸上
浮现我的另一种命运

三　危险之蓝

冷雨,贵州高原
我已围炉烤火,饮灵芝水
写作,用针管笔绘画
你曾指导我购买过

绘画于我,每日
放松而快乐的时刻
而你这个油画系的
硕士,反而画得略少

是否大凉山每天
被阳光刷上底色,邛海
蓝得危险,记得
暮晚,我们漫步于湖岸

而今你我山遥水远
你仍然饮茶,做手工

写作与讲课，安静地
你的博士论文通过了吗

有时我也动过念头
探访你，但今日之我
已非我，如今之你
也不是往昔诗人

时间将改变我们
头发、脾气、眼神
也将改变彼此的记忆
甚至包括那颗"心"

并无不变之物，如同
我每天画下的动物
并不存在，直到那一刻
我将它们，从纸上唤醒

四 关山漂泊腰肢细

每天路过现场，蓝花楹
看见夏天的风吹来
逐日增多的暖意，和

信箱中未读的邮件

想起你独自漫游
在地球的南边
像一片追求自由的
羽毛,洁白,微颤

多年以来,我一直
羡慕你异乡的生活
人类该有的普通日子
水、空气、食物

不含制度之毒,与
额外代价,虽然
这需要承受轻寂
偶尔漫起的乡愁

你的起点,却是
我一直渴求的终点
一片白羽在万古云霄
纵然万山漂泊,衣带渐宽

而人类的欢愁并不相通

如今我误入语言的
迷津,如一只白鸟
敛翅于虚无之树

五　身为永恒之物

想到你恒久于我
不禁慨然,我不知道
你的名字,也无意
为你命名,语言总是
短暂于自然

身为永恒之物
你没有永恒之想
而我,一个路人
有死者,总想看见
时间在海平线后的
面容,虽然时间
也仅为一个假设

海浪整日沉吟,用它
碧白的舌头,追述
宇宙之道,而那道路

一直被潮水藏于你

不曾显现，也不曾隐藏

我曾听见你的声音

永生不再重逢

直到我也将化为

一些沙粒，作为你的

镜像，也许

我也将幻化为你

六　寒到君边

——致女吸血鬼

这里，夜晚已经漫长于白昼

我托乌鸦捎去的寒衣，你收到了吗

七　偶然之物却有着必然的命运

忽忆起今年

未去芜湖，陪你

与令堂散步

她还叨念我吗

旧楼斜倚着长江
冬季落雪，如文字
销匿于江面
时间枯笔写下的
一切，终究
被虚无所消解

正如雪落在大海上
或落在你院中
空钵里，没有区别
偶然之物却有着
必然的命运，你知晓

只有那幻美之境
慰藉岁暮之心
犹如友谊恒久
穿过时光荒原

八　红果之树

每个人都分配到一块时间
崭新如皮、如布帛、如宣纸

有人将时间破败成淤泥
有人将时间,遗落于尘世

你的时间,栖居于椅上的老友
一直洁净柔软,如同未曾使用

想起你的微笑、你的温和
手中时间,抹平一丝皱褶

记得我们曾相约,去华南植物园
看时光从枝叶间振翅,那些绶带鸟

如今我鬓生白发,植物园
仍旧隔着一约之远,冬天降得更深

回家路上,我碰到熟悉的红果之树
黄叶尚未落尽,时间折闪着光斑

九　另一座泻湖

流水终归于洋渊
但湖泊伴你数十载

你已是另一座泻湖
左侧群山，右侧海面

洋流反复回响
水影，旦暮隐现

你也将子夜疼痛，醒来
梦见流水，不曾消失

十　百年之醉

秋山，金黄到泛红
暮云如媚，天蓝胜靛
但瀑水洗不去
你的百年之醉

年轻时，我俩
漫游于家山
谈佛，论文
随意，驻足于水边

碧水中的枯叶
泊在了何方

酒是你的
整座宇宙，那些
冬日，你饮酒
酣畅中赠我以诗

我已经断酒
余生，不再迷途

今日，我孤身
乘楂于下山旧路
一再想起你，被世人
遗弃于半杯浊酒

十一　黑色草地

是否你困顿于
毕竟那梦中之境

无人能言说出
绘饰言语的大有

你已隐居郊野

多年,风声磨损

嘴唇,虚荣
唯余虚无之眸

而梦中之梦
未弃掷过你

以黑色草地
以星落长河

我愿某年某月
你将自己,全部

说出,诸界重生
源于这只蝉蜕

十二 一个自由的隐者

晨起读书、散步
田地间劳作
贫穷而自足

你放弃公职,归于
山中,那些年
至今,我依旧羡慕

你想看见更远的时光
未写作《苍凉归途》
呼朋携侣,啸游山水

你的生活方式,将
延续于漫长岁月
如果你知道,是否

开始期盼,或厌倦
我曾想回返
与你饮茶。往后

余生,我不再饮酒
清醒岁月,我将
欣慰,我仍是

你,而时光也将你
描述,成为我
一个自由的隐者

真诚、简单
在歧路中，从未
迷途，亦未改变

十三　美幻之相

如今，我理解
你的唯一性

中亚异族之
血，燃烧着
美幻之相

汉人所匮乏
汉语所缺席

十四　在词语的世界中

你今年的酒可已
售空？沽酒者
都是你的读者否
你的卓文君，是否

当垆依旧？我们已然

数月未逢，如白云

过岭，水与山

早已幻变多种姿态

天气转霜、转雪

你的文字是否

越写越长，像饮醉

或美酒河被封藏于

时间空穴，等待

复等待，春风沉醉

我每天写作、绘画

偶尔想起你的江湖风范

如观看狄俄尼索斯的

空樽，在醉意中

那个词语的世界

将你浸润，将你祝福

十五　记忆的虚构

为何我一直记得

给你写过这首诗，但

检索时,却找不见
衰老会篡改记忆吗
抑或,那只是在
平行的另一重宇宙

在那里,你是否仍在
起垄轧花厂写诗,加班
我曾两次去探访你吗
船到门外,却又折返
我在彼处名为王子猷
还是,名为虞晓翔

我们曾同城借居于深圳
嘲笑你收藏的假石头
但你送我的古砖,应为
真品,我用之为茶盘
每次喝茶,都会念起你
虽然远隔关河,我已在高原

记忆将你我修改为亲人
我只希望,你不再喝醉
陪伴小儿子成长,修复
你曾缺失的记忆区域

人世的美好终将弥补
而非削平，如织机

十六　游园

你的小菜园，冬日里
依旧叶繁茎挺吗

你诗中的小菜园，去年春天
飞扬的蜜蜂，如今栖于何处

十七　在更高宇宙中

你还记得如何
画线路图吗？还记得玉门
街道拐弯与人去楼空
以及工作室里眺望的
祁连新雪吗？如今

你在南方海滨，出入
厨房，忍受着人类的
气息，并不比石油
更符合神的美学

这比原油陈旧的物种

我时常惦念你，或许
在更高宇宙中
我们，曾是同一个族群
如今流放于此世
忍受食物，和人类之愚

但愿正在逝去的一年
带走你的叹息
而遥远星球轻盈呼吸
应和着你体内的森林
如原油，对应着图纸

十八　从一根枯枝

流逝的时间，将在
树木的某一圈年轮

重现，虽然而今
你正穿越森林幽暗

并非迷失，却是

某人引领者

时光于你，依然仁慈
诗歌，旅行，筑居与

友朋星烁，仿佛万类
苏醒于初始，乐音齐鸣

雪花无尽，天穹垂下
硕大光芒与星轨胜花

生辰当然值得庆祝
而重审时间之波

正越过群山，与众壑
从一根枯枝，向你鸣响

十九　比永恒更永恒

清居此山，已然
三年，每日
山谷间，你上升

容与，消隐于
我的疏忽间
像烟云，像旧事

曾于冷雨中，观你
夕阳下，眺望你
月夜中我亦窥过你

如我慕恋多年的
女郎，但你比她们
更为长久、长情

或许，你不必知晓
比永恒更永恒的
是富贵，是浮云

是盘桓于麓的虚无
——我对人间的眷恋
不曾来，也未曾去

我即你的法身、化身
并不着意于世间
甚至忘却自己

二十　林中空地

林中空地，你的此在
敞亮，野柚子
又落在沙地上了吗
今日早晨，因无人听见
而无声吗，或者

倾听的是桥下流水
驻留于楼前，如你

我深爱这些酸涩的
黄色果子，精神
多于肉体，提醒我
事物未被分有之前
原初的理念。冬天

小寒，我在山上
唇齿间犹存柚味
而想象你走过林间
光芒由上而下，照亮
柚子，与你的栖居

二十一　岁月忽已晚

侵晨且至暮夜，淅沥
更复零星，雾失西山
更迷离这半山之堂

我步上小廊，目击
荒野斜上，而雾群

漫过落叶之桃林
去蔽，露出草径
我们曾在春天里

携手行经。如今
你在何方，姓甚

名谁。仿佛你刚离开
仿佛你正前来，在这
内心的节日之前

我黑发缭乱，白发新
岁月，忽已晚

二十二　文学之心

有文学之心，却无
文字之命。文涛兄
你已病愈回到府上
抑或，依旧寄身于
医馆？忽然岁暮

记取某年冬季
风雪连天，我赴长春
于你暖阳的客厅
吃黏豆包，二十余年
语言间白驹过隙

我走后你心脏有疾
入院，数年未传鱼雁
今冬复通书札
未几，你再心脏复疾
文学让你心患隐忧

于此末法时代，文字
已是生命之漏、之梗
你这个老堂·吉诃德

曾经奔波于诗人之间
而今却归于沉默,如枯树

二十三　东山

东山教堂的信众,我迁离
之后,你可曾在街上遇见我

二十四　沉静与波澜

一颗沉静之心,要如何
方可激起波澜?将你流放
到太古里?到萝丽岛
或者在火锅中煮入
张献忠的七杀主义

胡马先生,你的绯闻
付诸阙如,而你的诗心
在新年,是否
又更新了一版
关于 AI,关于山川行旅

毕竟黄土及腰,还是

少跑几场马拉松罢
多饮清水，少尝酽茶
陪伴女公子去书店
教她辨识真伪诗文

来年陌上花发，我将去
成都，与你河畔闲坐
看一颗波澜之心，如何
沉静如午后，春风乍起
炮火，仍然在欧洲绽放

二十五　偷渡过此盛世

你的微信修好了吗
许久无你音讯
你时隐时见，像神龙
更像神龟，忍者一样

我中途截走哑默赠你的
手稿，好像你并未芥蒂
我也想要几张你的小幅面
绘画，多年未读到你的新诗

如果读到这首诗,你该收拾
赴甲乙村与我过新年
等你起床,整理行囊
我估计都快到小年了

时间如水泡,我们订交
已然二十余年,旧友愈稀
新衣愈窄,时代并未
因我们,变得更宽容

且就独善于其身,偷渡过
此盛世,大梦一场
午后方醒,或许你就是
希夷先生,遗世而高卧

二十六 叹息

爱当然是美好的,如果
没有争吵、忌妒
藏在背面的刺,如同

晚霞之后,如果并非
黑夜,它也是美好的

如叹息之前,一声赞美

诗也是美好的,如果
它不曾毁败过
那么多心灵,以及

肉体的坚固,直至
光芒在宇宙中
闪动,逼使

所有的花朵,凋萎
"美啊,我为你歌唱"
但歌声,喑哑了声带

二十七　万古愁与春梦婆

听说你去海南
赋闲,三亚抑或何处
彼处溽热,不宜
酱香酒,啤酒则会让
历史的关节剧痛

你的睡眠有没有改善

不宜继续消瘦
少喝茶，略饮酒
海边吹风，看蓝色
变奏，擦拭着万古愁

但销不掉书生命运
书法、旧诗、宴饮
这骨子中的群体意气
貌似雅乐，实则
包藏着你万古的忧心

是否你也遭遇春梦婆
东坡先生渡海，而你
渡你的心事之峡，道不行
乘游艇泛于杯，你们
可曾在空樽里，相视一笑

二十八　思君如流水

我准备了数日，等待
今夜落雪，大雪将
覆盖岁末山河，以及
我对你的些微记忆

我倚坐于火炉，燃烧
积存多年的朽木
煮茶、写字
仿佛没有你，世界

依然如常。但某物
从宇宙中缺失
引发时空消隐
一场大雪并未落下

思君如流水，冰封于
群山之外，得以自在
我漫步、饮水
冷暖，只有我知道

二十九　浮华往事

屋角，三盏烛火安静回忆
曾经斜倚椅上的离人

她如今行走在哪一阵
风雪里，屋外

白雪栖满枝叶

桌面曾摆放的果物
已然留在去年,拈花之指

今天停在哪一张脸上
被爱的那人,被遗忘者
两张空床,林中空地

我凝视画面,你步入
复离去,我的旧友

你也垂老?面目模糊
当雪花落下,这个暮晚
我虚构的你,可曾感知

三十　对这世间的深情

清晨继续落雪,似有
若无,"飞一点冻一点
不再融化",像你
对这世间的深情

我已然离开广州半年
有时,梦返东山
旧友们宴集,相嬉
你于座中,笑而不语

雪继续落,覆盖
我们对已逝年代的
记忆。遗忘
是雅各宾时代的美德

雪下的真实,被封藏于
我们的文字中
自印卷册,个人
奖项,于时间大雪中

不着点尘。春日
穿越这水的幻景
我们将重逢,而诗行
不再重返,漫天虚白

三十一　浮世大雪

奉使而随槎,岁末

你忽南而北,忽
西而东,白雪
是否白染两鬓

这浮世大雪,覆盖
一代人记忆
复于毋敛旧街巷
铁火灶旁,融雪而现

我们曾同醉
踏歌,眺望青春
消失于黑神河
以南,飞机场以北

于时空之隙
你陶然,忘机于
东山之麓,如白蝶
栖息,梦见庄子

三十二 时间开始于残酷

"时间开始于残酷,总是"
比如春天的触须

被冰雪所浮现，而这
并不能称之为希望

你也知道，脚下的
土地，仍然在
一万斤烈酒的消失中
"洋溢着欢乐的气息"

在东方，如喊不醒的
在地下旧宫殿中
"高唱赞歌的幽灵，它们
不知道春天仅仅是譬喻"

你再尖锐的文字，也比不过
春天虚伪的脸孔
甚至无法抵达
被埋在瘟疫中的死者

"时间反复开始，时间
一再给出永不兑现的承诺"
是否，你也厌倦于未来
"这烈酒赐予又否定的幻象"

三十三　少年一段风流事

师太，我曾经的青葱
于今封存于何处
今天之瓶，为何
犹盛往昔之水

记否？我们曾同舟
漂荡于宽达十四个
冥王星的大海，那一夜
手指月亮，同舟异梦

玉儿曾是你的闺名
我却并非檀郎
师太，你将旧日剥落
如灭微暗之火

今而，我一再向你暗示
你就是洛丽塔，就是
笙歌丛里醉归人，曾记否
下船时我搀扶过的腰肢

师太，只许你知道那一夜

其实并未发生,虽众人
皆传你我艳事
像月光之香、瓶中之云

三十四　应和

冰雪罩于峰峦,云雾
并未散去,若鸟羽

午后,我从半山村子
听鸟而下,已是春时

枯涸的涧流,日渐
丰满,白水落于碧潭

步过浅溪,两幢小房子
有人修造花园,另一溪

从房舍与茶园间流过
从冬日与人心间流过

我想起你,在这林中空地
筑居的人,正如你

在这人世的薄凉中,热爱
行走,虽然阳光远在山后

穿行于幽暗森林,对岸
你在唱歌,应和着我

三十五　追忆逝水年华

冰销,在明日
雪下的细草
可能正用针尖
扎着时间的静脉

你痛不痛
岁末,忽忆起
我们曾穿行于
林下、河岸

年少的心气
曾将我们分隔
雪从你的北境
落到你我的南域

世事茫茫，终究
冰雪融成水
春水流缓，而春心
却消隐得太快

三十六　春风辞

侵早，风撇去潭水
表面的浮沫，水底
潜鱼露出
龙的本来面目

我也要吹走时间的
水泡，露出
隐居于森林中
你的笑容，像剥开

经冬的橙子，阳光下
洁白的果肉，羞涩
明亮，正午之风
从黄色果壳中吹出

我敞亮词语,只为
隐藏我的真意
你筑居河岸旧屋
在暮晚,春风停驻

三十七　雨水

愿春雨蓄满,你的法钵
愿泉水,洗亮你的星盘

三十八　狸猫行

节候至雨水,你府上
那只名曰小满的狸猫
是否大满?溢出满身肥膘

宇宙曾藏身于一只猫
项下之铃,掩耳之人
却已遁走,剩下宇宙

孤瘦地,将自己转至
眩晕,方能入眠
如你在法律之轴上

转动药学与佛咒

以缓解岁月之速度

春正浅,铃已盗

你隔窗望见人间清冷

日暮,山河初醒

你身后小满即将惊蛰

三十九　再次

无人值得你为之

写下一行诗

无一世道值得你

为之弹一阕《广陵散》

甚至,没有一个君王

配得上你的博浪椎

你无名、无定

偶于林下长啸

我理解你，即是
感知你在我身上

重现，隔着千载
一行文字于纸页另面

转写为同一行，而意味
更加深长，但依然无物

值得你再次疑惑
除了再次本身

四十　客心洗流水

你将雏而行，是何
模样，独下碧山
又为何种清欢

生活的逻辑，是否
替代诗歌的逻辑
与逻辑的诗歌，你将

咏絮之才，藏之于舟

复藏舟于泽,却无
有力者,将你负之于

一页宣纸的苍茫
这昧者的世间,不值
你泄露旷古的隐忍

想象你穿过江南旧街
像一抹烟霞,但十数年
你我并未重逢,时间

这镀金的马车,一路
剥落,驭者缺席
停驻于你纸上的故宅

四十一　复致

你缄于春风的心意我已经收到了

四十二　遥远

云间芒绽,朝雪初晴
水流花在,汝之风韵

四十三　明月与浮冰

丹青不知老之将至
你镇日于纸堆间
虚构魔界乌托邦
试图，用笔墨意趣
替代生活之修辞术
用敌基督，取代
解放者之形象。月亮

留于白中，针管笔
被暗藏于博依斯的
矿物粉之内，你从废矿场
释放出核辐射之后的
欲望与形体、诗歌
被禁止的毒液：冒犯

我曾好奇于你的谈玄
说妙：独占历史真相
犹如海上卖油郎，担子
一头塞满未来的支票
另一头却是往昔：可燃物

去年秋天，你从上海
携家带口到楠溪江
独自脱身，宴请世中人
与我，喝了两支酒

却不知这一际遇，画在
你秘史哪一部分
百米长卷，不过是

你真假历史的细枝
与末节，我偶尔想起你

明月与浮冰，于案台上升起

四十四　少年游

汉朝的少年在你内部
骑射、吟咏、跌落
复奋起。眼睛里
省略过泥污、厌倦
以及富贵与浮云

虽然肉体的欲望

一再犹如原上春草

你在爱情的幻觉中
与友谊的森林里穿行
鹳鸟筑巢于你的头发
而你的羞涩却使
庄子之鱼逸出判断

虽然思想的河流
一再无人倾听

我向后来者提起
你胸怀中的海滨、日落
和无声的细雨,你原谅
折断的草茎,以及
迷途而不知返的春天

虽然文字中的山河
一再被时代的黑云压城

你这苍老的少年,穿越
暗夜森林,与荒原中
蝉翼般的幻景,像

某一个吹号天使
和天使吹出的号声

四十五　无限的偶然性

偶然，你独自去登
春山，峰顶云锁积雪

偶然，倦于春风与美景
你扶杖而下，降入江湖

偶然，你心羡白鸥闲散
于是，着回旧时柔软衣裳

偶然，邻家练琴的那个
名为梅的高中女生，问你

你笑着回答，"正是因为你
我回来了，寻找春天的踪迹"

四十六　时间之镜

数年前，我们在暮晚

漫步过的海滨，大海

尚未停歇，而你
已从我的生活中消失

如沙于指间流坠，关于
你的记忆，日渐退潮

近乎于无，但你仍未
忘怀于我们的争吵

直至时间关闭，空间
在一个旧螺壳中睡去

我至今未曾明白
爱与伤害之间，是否

同义，或是同一片
浪花的涨落。我犹记

另一个暮晚，我们于
另一座海边遇雨，海面

铁青,在山峰间摇荡
而归程,于记忆间消隐

四十七　丽人赋

时间从未疏忽过
一个人。你不辞而别
昔年,春光将盛

昨日,我坐在星美乐
你从桌侧经过

出门,并未触及我的
衣衫,从面包柜
上方的镜中,我看见

暮色降临于
门廊,与你的脸上

食物与春天正芳香
让身边的世界
并不过于荒凉,但是

我甚至不确定,镜中
消失的人,犹是你

四十八　捕星者

曾有一次,你可以
手摘星辰,但却害怕
惊动星舰上
时空旅人的睡梦

最后一次,你从船上
跃下,捕捉液体中
晃荡的星球,消失于
传说与黑暗中

而我依稀记得,我们
曾驾驶千年隼号
在平行宇宙间,捕捉
星子,给它们编号

再放回银河系
它们将会长大,或
衰老,粗糙星皮上

光毛柔滑，而温热

如同旧日时光。如今
只剩下我，被流放于
帝国边境，点数
星辰，它们越来越冷

四十九　高人引

你否定万类，因为
你渴望整个世界

饮酒、写字
叼着烟斗闲听鹦鹉

隐于市场顶楼
如瓦松、如钟

一颗心敏感而冷漠
你拒绝过落日、爱情

但无从拒绝友谊与
春天，它们花开不谢

五十　高轩过

那时，我在高山上漫步
鸟啼、花落。当你驾车
自墙外而过、而远

水空流，春天已过半
多少年我未遇见你
千年？或者数日

我并未太深地
想念你，也许
你并不存在，一朵

红杜鹃，在无人的山谷
一只白色鸟，从溪矶
振翅而高，如你笑起

将灰暗的岁月，一一
点亮，因此我并不惧怕
这世界，就算你不再路过

五十一　江南岸

你内心的那个顽童，今年
是否安静了些许？虽然

春风又绿了庭院的杂草

五十二　知北游

不要去登山，否则
暮云将变幻为精酿

不要去临水，否则
俦侣曾倒映作静香

不要去离别，否则
天涯正收缩成矩阵

不要去歌舞，否则
扁舟要出没如柯南

不要去饮醉，否则
岁月欲断裂若法环

不要去悔恨，否则
年华更垂泪入圣杯

五十三　丽人行

我将虚掩记忆的门扉
如果你不愿意侧身而过

五十四　骑鲸少年

如一叶破旧的扁舟
停靠荒草水湾
我，惊叹于你

骑鲸游于四海
从天之极到
地之涯，从白发

到青丝映明镜
时间，在你身上倒流
你这鲸背上的

少年侠客，我经常
想念你，并想象
你途经的盛大风景

那些视野的盛宴
于今，我已厌倦
并偷闲于蜗角

唯愿你在天地间，尽情
嬉戏，在杯酒间
忘记了北冥与南冥

五十五　比喻的春天

如霜天星群，散为文字漫地
若书帙中，珠玑已串作北冥岛链
你们怀疑复热爱，像朝花暮卷
被绘入时间画框这诗神花园

我曾遇到，你们歌唱如塞壬
手执暗示线团若阿里阿德涅
这一群西比尔写下句群，诗中
贝亚特丽采，有时像萨福

五十六　长恨歌

当卅年如纸对折
当纸上墨迹如新

当檐雨隐入春风
当风前蓦然回首

当暮草暗绿天涯
当离人再次途经

当青苔覆过残垣
当槿花沿阶亮起

当此声叹息消散
当那片桃花回旋

当纸面字句褪去
当时间重又展开

当我失神中清醒
当年的彼姝安在

五十七　花朝

谢谢你借给我的公寓
离开广州之后，我
仍然怀想那两枝
樱花，我抵达之日
它们还是枯条与花苞

在我离开的周日早晨
枝条上的花朵开始
凋落，落英覆地
如同赏听后的小提琴
音符，仍然白如朝露

我完整陪伴了枝条
开花的一周，三月
也在那里讲过
一整天诗歌，朋友们
在语言的花香中走失

复又漫步于回南天
与街道。我希望你来
高原之上，看群山

起伏,一树又一树
白色花,惊起了飞鸟

五十八 无题

你修造了隐喻的迷宫
然后,隐入时间之外

五十九 短歌行

我们终于讲和,我原谅
你昔年的迷醉与慌张
从每一次幸福的山阴道上
逸出命运之径

你也应该原谅我,中年
自然的拆中主义
对平淡日子的向往
你年轻时所反对的这一切

我们彼此忘怀,又
彼此应和,如昨天之花
与今日之影。尽管山河
覆满青草,尽管我已白发